칼럼니스트 박사의 '여자들의 여행법'

나에게, 여행을

칼럼니스트 박사의 '여자들의 여행법'

나에게, 여행을

박사 지음

북하우스

첫 번째 장

그보다 더 강렬한 생각은, 지금 이 나이에 오게 되어서 다행이다!이었다. "아는 만큼 보인다"라는 건 허언이 아니다. 그리고 그 "아는" 것은 단순한 교과서적 지식만을 말하는 것이 아니었다. 내 안에 차곡차곡 쌓여왔던 응축된 에너지와 지식들은 물 만난 고기처럼 한꺼번에 분출했다. 내가 착실히 뻗어왔던 잔뿌리들은 새로운 땅을 만나 신기하고 놀라운 것들을 쭉쭉 빨아들였다. 더 어렸다면 몰랐을 것들을 그때 나는 알게 되었다. 무르익지 않고는 만날 수 없는 것들이었다.

여행을 하기에
가장 좋은 나이

《아줌마, 지중해에 빠지다》를 쓴 자칭 아줌마 이인경은 여자 혼자 여행하기 좋은 나이가 오십대라고 단언한다. 설득력 있다. 그보다 젊으면 온갖 귀찮은 일들을 감수해야 하니까. 젊은 여자에게 친절을 베풀고 싶어하는 남자들은 전 세계에 깔려 있다. 그것이 대가를 바라지 않는 '친절' 정도라면 고맙습니다, 하며 넙죽 받으면 되겠지만, 그보다 한술 더 뜰 때 문제가 된다. 어디까지가 친절이고 어디까지가 흑심일까 헤아리다 보면 여행은 불안정해지기 마련. '아줌마'가 되면 그런 모든 관심에서 자유로워진다는 것은 경험에서 나오는 꽤 신빙성 있는 주장이다. 더구나 '아줌마'가 되면 대범해지고 용감해진단다. 나이와 함께 전에는 꿈도 못 꾸던 모험도 저질러버릴 담력을 덤으로 얻게 되는 것이다.

아직 오십 줄에 접어들지 못해 그 자유로움에 대해 토 달기는 좀 그렇지만, 아무리 장점이 많더라도 오십 살에 첫 여행은 암울하지 않을까. 내가 처음 여행을 떠났던 것은 삼십 줄에 들어서서였다. 그때 내 감정은 두 가지 방향으로, 둘 다 강렬하게, 치달았다.

하나는, 더 젊었을 때 왔더라면 좋았을걸! 이었다. 이렇게 좋은 것을 못 해보고 보낸 시절이 안타까웠다. 더 어렸을 때 왔더라면 나는 지금과는 완전히 다른 삶을 살았을 것이었다. 작고 딱딱한 옥수수알들이 열기에 닿듯 나는 하얗고 구름 같은 사고와 관점을 팡팡 피워 물었다. 여행에서 돌아온 나는 이전의 방식으로 생각하거나 볼 수 없었다. "우물 안 개구리"는 맞는 비유가 아니다. 밖으로 떨쳐나선 나는 그저 위치만 바뀐 "우물 밖 개구리"가 아니었으니까. 이미 "개구리"가 아니었으니까. 서른 넘어 비로소 시작된 세포 분열 덕분에 나는 지금의 내가 되었다. 그 세포 분열이 좀더 일찍 시작되었다면 어땠을까? 상상하기 어렵게도, 눈부시다.

그보다 더 강렬한 생각은, 지금 이 나이에 오게 되어서 다행이다! 이었다. "아는 만큼 보인다"라는 건 허언이 아니다. 그리고 그 "아는" 것은 단순히 교과서적 지식만을 말하는 것이 아니었다. 내 안에 차곡차곡 쌓여왔던 응축된 에너지와 지식들은 물 만난 고기처럼 한꺼번에 분출했다. 내가 착실히 뻗어왔던 잔뿌리들은 새로운 땅을 만나 신기하고 놀라운 것들을 쭉쭉 빨아들였다. 더 어렸다면 몰랐을 것들을 그때 나는 알게 되었다. 무르익지 않고는 만날 수 없는 것들이었다.

갓 스물 넘은 나이에 배낭여행을 다녀왔다는 친구들을 만나 얘기할 때 느끼는 갑갑증은 그것과 관련이 있었다. 모두 그런 것은 아니지만 나는 그들이 왜 고생한 얘기, 노숙한 얘기, 배고팠던 얘기만 하는지 궁금했다. 많은 것을 보고 겪었을 텐데 왜 그것에 대해서는 얘기하지 않을까? 그들의 일상과 여행가서 만난 것들의 차이가 크지 않았기 때문일까? 성장기인 그들의 일상이 여전히 신선한 것이기에 여행 떠나서 본 것들이 그들에게는 그리 충격적으로 다가오지 않았던 걸까? 그러나 어느 순간, 그들이 그곳에 맞닿았던 면적이 그리 크지 않았기 때문임을 깨달았다. 여행지의 복잡한 요철을 면면이 느끼기에는, 그들은 지나치게 탱탱했던 것이다.

오십 살이 넘어 망설임과 걱정이 줄어들고 담대해지고 과감해진다면, 그 이후의 여행은 또 어떤 모습일까? 지금까지의 여행이 속수무책 바라보고만 있는 나를 향해 쏟아져 들어온 것이었다면, 오십 살 이후의 여행은 체력이 허락하는 한에서 돌진하는 여행이 될까? 나의 잔뿌리는 더욱 무성해지고 내 세포 분열은 더욱 활발할 테니, 훗날의 여행이 내게 어떤 변화를 가져올지는 상상하기 어렵다. 하지만 무성해지는 만큼 단단해지기도 할 테고, 활발해지는 만큼 빠른 속도로 굳기도 할 터이다. 완성과 안정이라는 보호막을 뚫고 나는 또 다른 성장을 할 수 있을까? 여전히, 상상하기 어렵다.

물론 아주 어린 나이일수록 더 큰 영향을 받게 된다는 말도 틀리지 않다. 어느 여행이든 인생에 미묘한 균열을 남기기 마련인데, 미래가 결정되어 있지도 않고 모든 충격에 순수하게 노출되어 있는 '아이'일수록 그 균열의 폭이 크고 깊을 것이다. 여행을 통해 아예 인생의 행로를 정해버린 이들도 적지 않다. 정윤의 《소녀의 인디아》는 초등학교 5학년 때 처음 인도로 여행을 다녀온 뒤 감명을 받아 스스로의 노력으로 인도로 유학을 떠난 아이의 이야기다. 자신을 매혹시킨 것을 덥썩 잡을 수 있는 용기. 인생 자체를 바꿔버릴 수 있는 기회. 그것은 확실히 나이가 어릴수록 더 풍부하다.

뉴욕을 여행할 때 실감했다. 뉴욕은 소문대로 굉장한 도시였고, 모든 이들이 입을 모아 말했듯이 "나를 위한 도시"였다. 젊었을 때 뉴욕에서 살다온 지인은 말했다. "길을 걷는데, 정말 여기에서 살아야겠다는 생각이 절박하게 드는 거야. 그래서 모든 것을 다 버리고 뉴욕으로 왔지." 그곳에서 십 년쯤 산 그녀는 내게 장담했다. "그곳은 너를 위한 도시야. 너도 그곳에 가면 알게 될 거야."

에너지가 마구 흘러다니는 게 눈에 보이는 도시. 뭐든 할 수 있을 것 같은 도시. 가만히 서 있기만 해도 타인들의 멋진 감각과 성과물로 눈이 즐거운 도시. 지나는 이들의 눈은 반짝거렸고, 금세 서로를 알아챘다. 구역구역마다 새롭고 낯선 것들이 기다렸지만 급조된 것은 아무것도 없었다. 나는 똥 마려운 강아지처럼 이곳저곳 쫓아다니기에 바빴다. 오래된 새것, 새것의 나달나달함. 그곳에서 나는, 나를 위해 마련된 그 도시에서 살고 있는 나를 상상했다.

하지만, 그곳에서 살고 싶지는 않았다. 그곳에서 살기 위해 해야 할 실무적인 일들과 생계를 유지할 현실적인 가능성을 하나하나 떠올리다가, 결국 그곳에서 살고 싶어하지 않는 나를 발견했다. 아마도 십 년만 더 젊었더라도 생각은 달랐으리라. "용기가 없어졌다"는 한마디로 일축할 수는 없다. 이 나이가 되어 내가 바라는 것은 뉴욕에는 없었다. 살인적인 생활비를 감당하기 위해 생계를 유지할 노동을 하면서라도 내가 잡고 싶은 '기회'는 십 년쯤 젊었을 때나 탐나는 것이었다. 십 년 전에 뉴욕에 왔다면 나도 길을 걸으며 반드시 이곳에서 살겠노라 이를 앙다물었을까? 그랬을 것이고, 그랬다면 평행우주 저쪽의 나는 지금의 나와는 완전히 다른 모습일 터이리라.

오히려 나이가 더 많이 들면 그곳에서 살기로 마음먹을 수도 있겠다, 라는 생각이 든다. 그때가 되면 나는 완벽하게 "향유"할 자세를 갖출 수 있을 듯하다. 젊은 에너지들이 만들어내는, 상상을 뛰어넘는 알록달록한 순간들을 신기하게, 재미있게, 그러나 이미 본 것이라는 듯 다 알고 있다는 듯 고개 끄덕이며 보고 있는 할머니인 나를 생각하니 행복한 느낌이 밀려들어왔다. 평화로운 시골도 좋으리. 자연이야말로 늘 놀랍고 신비로운 것을 보여주니까. 하지만 뉴욕이라는 도시가 불꽃놀이하듯 피워올리는 풍경들을 바라보는 것도 노후의 생활로는 꽤 괜찮게 느껴진다. 그때가 되어 보이는 뉴욕은 지금 내가 보는 것과는 전혀 다를 것이다. 그날이 그날 같은 할머니인 나는 매일매일 다른 것을 찾아낼 것이다. 인생을 두 배로 사는 비법.

할머니가 되어 여행하는 건 어떤 느낌일까. 체력적으로는 다했지만, 인생에 있어 중요한 지혜는 갖추고 있는 그 눈으로 낯선 세상을 본다면 어떨지 궁금하다. 아마도 이미 보아온 것들과 크게 다르지 않겠지. 하지만 그것들을 보고 죽을 수 있다는 것을 진심으로 기뻐하게 되리라.

여행은 균열을 가져오지만,

한편으로는 웅숭깊은 화해를 내밀기도 한다.

그러므로 여행에서 나이는 중요하다.

여행이 준 선물 중 무엇을 받아 안을 것인가와

관련된 문제이기 때문에.

나의 말랑함과, 나의 딱딱함과,

나의 오목함과, 나의 볼록함과,

나의 깊이와, 나의 넓이와,

나의 크기와, 나의 섬세함으로

나는 낯선 세계를 끌어안을 것이다.

딱 그만큼만,
세계는 내 안으로 들어오리라.

길을 떠나는 바보들,
옷장 속의 숨겨진 길,
서쪽나라의 공주님,
그리고 나

엄마의 미술학원은 내게는 단지 책이 넘쳐나는 방이었다. 다양한 연령대의 원생들을 위해 마련해놓은 다양한 책들을 넘나들면서 나는 나이보다 조숙해졌고 동시에 나이보다 어려졌다. 《허클베리 핀의 모험》과 《달과 6펜스》를 번갈아 읽으며, 나는 세계의 얇은 겹들을 어렴풋이 느꼈다. 층층이 겹쳐진 세계는 책과 닮았다. 페이지를 넘길수록, 나는 내가 모르는 세계로 점점 다가섰다. 공중정원 같았던 학원. 열차처럼 기일게 늘어선 창문 너머로 정부중앙청사가 보이는 그 방. 책 위로 몸을 기울인 어린 내가 담겨 있는 오래된 흑백사진은 내가 언제부터 떠나고 싶어했는지 보여준다. 사실 글자들이란 꼬불꼬불한 길 자체니까.

모든 책은 모든 방과 통해 있었다. 초등학교 지하에 있던 도서관은 브리태니커 백과사전의 세계로 연결되어 있었고, SF 소설과 러시아 소설 들의 더미를 품고 있었다. 집에도 책이 쌓여 있었고, 부모의 눈을 피해 찾아 들어간 아늑한 만화방에도 책이 쌓여 있었다.
나는 그 방들에 머물 수도 있었고, 사실 지금도 반쯤은 발목이 잡혀 있다. 하지만 또, 여행을 가라고 나를 뱉어낸 것도 그 방들이었다. 책장을 헤집을 때부터 나는 이 책들을 딛고 어디론가 가야 한다는 것을 알았던 듯싶다. 글자들이 자꾸자꾸 흘러가버리는 세계. 책은 나를 채워줌과 동시에 내가 비어 있다는 사실을 일깨워주었다.

그 모든 방의 벽은 책에 가려져 있었다. 책이 '창문'이라는 것을 믿는 것은 아니다. 그것은 어디까지나 상징적인 이야기일 뿐이다. 하지만 책이 '벽을 가린다'는 것은 믿는다. 벽이 가려진 세계는 길과 같을 수는 없겠지만, 그래도 오직 방이기만 한 방과는 다를 것이다. 그리하여, 벽이 없는 방은 나를 방 밖으로 등 떠밀었다. 나는 그 방으로부터 오랜 여행을 떠나, 이곳에 있다.

나는 어떤 아이였을까. 평생 나에 대한 얘기는 거의 입에 담지 않았던 아버지는 병을 얻고 난 뒤 내 어린시절 얘기를 해주었다. 아버지 기억 속의 나는 항상 책을 들여다보고 있었다고 한다. 내가 책을 읽으면서 낄낄대고 키득거리는 소리 때문에 집안이 시끄러웠다고. 내 기억 속의 나도 꽤 닥치는 대로 읽어대는 아이였다. 그냥 읽고, 다 읽고 나면 다른 책을 읽고, 다 읽고 나면 또 다른 책을 읽고, 그 와중에 예전에 읽었던 책을 또 꺼내 읽는 아이.

문제는, 기억나지 않는다는 것이다. 내가 낄낄댔다는 그 순간이, 나를 낄낄대게 했던 그 책들이, 하나도 기억나지 않는다. 책 읽을 때 쓴 뇌의 부분을 마지막 책장을 덮으면서 그 갈피에 끼워 치워버리기라도 한 듯, 내 머릿속은 깨끗하다. 그러나 그 빈약한 기억창고에도 보석 같은 조각들이 조금쯤은 남아 있다. 어느 책에서 떨어져 나온, 누가 썼는지도 알 수 없는 장면들. 아마도 그 장면들 때문이었을 것이다. 내가 언젠가는 떠나야 한다고 믿게 된 것은.

오려낸 색종이 같은 그 조각들을 헤집어보면, 먼저 옹기종기 모여 있는 수많은 이반들을 만나게 된다. 바보 이반들. 내가 특히 사랑했던 러시아 동화에서 만난 이들이다. 어린아이를 위한 민담부터 《카라마조프 가의 형제들》까지, 러시아 특유의 이야기들에 매혹된 나는 그 이야기에 등장하는 모든 이반들을 사랑했다. 그들은 모두 읽는 사람을 호록 빨아들이는 재주가 있었다.

모든 이반들이 그렇지는 않았지만, 특히 사랑했던 내 바보 이반들의 공통점은 이렇다. 첫 번째는 어리숙하다는 것이다. 그들은 영악하지도 이기적이지도 않고 답답할 만큼 사람을 믿었다. 욕심이 없지는 않았지만 욕심에 솔직했다. 어리숙했기 때문에 가능한 얘기였다. 두 번째는 늘 어느 순간에 떠났다는 것이다. 기다렸다는 듯이. 정해진 수순처럼. 그리고 그들은 늘 돌아왔다. 양손에 선물을 가득 안은 채.

수많은 바보 이반들에게 있어 여행은 살아가는 것과 비슷하다. 나이가 차고, 목표가 생기고, 그리고 떠난다. 가방 속에 검은 빵과 물을 채워 넣고서. 상급 학교에 진학하는 것과 다를 바 없다. 모든 바보 이반들이 밟아야 하는 수순인 것이다. 떠남으로써 그들은 완성된다. 그들의 이야기가 완성되고, 사람이 완성된다.

그들이 보는 세계가 보고 싶었다. 그들이 말하는, 신발바닥처럼 새까만 세계가, 동굴과 산과 말하는 새와 노래하는 나무와 황금 불사조와 하늘을 나는 배와 그리고 그리고 그리고. 바보 이반들의 세계에서 여자들은 전리품에 지나지 않았지만, 책을 읽는 그때 당시의 나는 여자가 아니었다. 단지 떠날 날이 다가올 것을 예감하는 어린 바보 이반이었을 뿐. 뚜렷이 자각하고 있지는 않았지만, 떠남으로써 얻을 수 있는 내 전리품의 목록에는 '공주'도 들어 있었을 것이다. 공주를 얻는다는 게 무엇인지도 분명하게 인식하지 못했던 시절이었다.

동화 속의 이반들은 말했다. 떠남으로써, 모험을 통해서, 그들은 바보에서 벗어났다고. 여행의 경험은 그들을 지혜롭고 분별력 있는 젊은이로 만들어주었다고. 옷을 갈아입듯 그들은 진상과 훈남 사이를 오간다. 나는 그것도 좋았으리라. 바보의 허물을 벗고 훈남이 되면서 그들의 모든 매력은 사라졌지만, 그들이 내게 건넨 말은 여전히 유효했다. 자라나는 그대, 떠나라.

기억의 색종이들을 다시 헤집으면 강렬한 인상으로 남아 있는 또 다른 떠남의 장면이 나온다. 《나니아 연대기》의 한 페이지였는데, 나는 그 책이 《나니아 연대기》인 것도 오랜 시간이 지난 후에야 알았다. 시작도 끝도 기억나지 않는다. 아이들이 옷장 문을 열고 걸려 있는 옷을 헤치며 나아가 다른 세계를 발견하게 되는 바로 그 장면만이 뚜렷하게 기억날 뿐이다.

그즈음이었을 것이다. 내가 옷장 속에 기어들어가는 것을 좋아하게 된 것이 그 책을 읽기 전이었는지 후였는지 분명하지 않지만 그 버릇은 꽤 오랫동안 지속되었다. 옷장 속은 내게 단지 '숨기 좋은 곳'이 아니었다. 떠나려다 막히는 좌절의 순간이었다. 그 좌절이 안온했다. 아직 나는 이 세상에 덜미를 잡히고 있구나, 나는 아직 떠나도록 허락받지 않았구나, 라는 묘한 안도감이 들었다.

왜 그랬을까. 바보 이반들의 이구동성에 따르면, 세상은 보물이 감추어져 있는 곳이었다. 그리고 떠나는 모든 이들은 당연하게 그 보물을 손에 넣을 수 있었다. 순진하게 원했기 때문에, 가질 수 있으리라 믿었기 때문에, 믿음의 대가로 보물이 주어졌다. 왼발 다음에 오른발을 내밀기만 하면 되는 세계. 그곳에 감추어진 "내 몫"이 오롯이 기다리는 세계. 그런데 왜 바보 이반들을 열렬히 흠모하던 나는 떠난다는 것에 막연한 공포를 느끼게 된 것일까. 밖으로 향하는 모든 통로들이 막혀 있기를 내심 바라게 되었던 것일까.

수많은 책을 거치면서도 답을 찾지 못했기 때문이었다. 떠난다, 라는 결심에는 "어디로?"라는 질문이 붙는다. 바보 이반들에게는 모든 방향이 보물로 향하는 길이겠지만, 그것은 동화 속에서나 가능한 얘기였다. 어디로? 나는 어디로 가야 할까? 혹은, 나는 어디로 가고 있는 걸까? 그것에 대한 답은 아무 데도 없었다. 책이 가르쳐주지 않은 답을 현실에서 찾을 만큼 나는 무모하지 못했다. 아니, 현명하지 못했다.

엘리너 파전의 〈서쪽 숲 나라〉는 여행에 대한 동화이다. 작가의 의도가 어떠했던 간에 내게는, 그랬다. 이 동화를 읽고 난 뒤, 내가 떠나는 모든 여행의 목적지는 '서쪽 숲 나라'가 되었다. 그곳이야말로 내가 진정 찾아가야 할 곳이었으니까.

일벌레 나라의 젊은 임금님 '존'은 결혼할 때가 되었다는 대신들의 충고를 듣고 왕비감을 찾는다. "공주님만이 왕비가 될 수 있다"라는 말을 듣고 알아보니, 서쪽을 제외한 사방에 공주님이 살고 있었다. 존 임금님은 행장을 차리고 구혼을 위한 여행에 나선다. 북쪽 나라에서 싸늘한 추위를 겪으며 눈송이보다 희고 얼음보다 차가운 공주를 만나고, 남쪽 나라에서 기절할 듯한 더위를 겪으며 버터처럼 녹아버릴 것 같은 뚱뚱한 공주를 만나고, 동쪽 늪 나라에서 온갖 소란과 야단법석을 견디며 천둥보다 시끄럽고 소금보다 꺼칠꺼칠한 사나운 공주를 만나고 돌아온다. 존 임금님은 그 여행에서 아무것도 건지지 못한다. 청혼하러 왔으니 할 수 없이 청혼한다만 네가 마음에 들지 않으니 제발 거절해주기 바란다, 라는 내용의 구혼 아닌 구혼 시를 중얼중얼 외우고 왔을 뿐이다.

서쪽 숲 나라는 출입이 금지된 땅이었다. 그곳은 "마녀들이 사는 허허벌판"이라는 소문만 무성했다. 높다란 울타리와 가느다란 널빤지로 촘촘히 막힌 담은 호기심에 찬 사람들의 관심조차 막고 있었다. 하지만 그곳은 아주 가까이에 있었고, 담을 넘는 것은 생각보다 손쉬웠다. 존 임금님은 호기심에 차서 혼자 말을 타고 서쪽 숲을 탐험한다. 그러나 그곳에는 쓰레기더미와 쓸쓸한 벌판이 있을 뿐이었다. 늘 옆에 있던, 그래서 오히려 보이지 않았던 진실한 사랑인 하녀 셀리나의 손을 잡고 다시 한번 가기 전까지는.

셀리나와 다시 간 그곳은 한마디로 천국이었다. 더할 나위 없이 아름다웠다. 어린시절 누리다가 어른이 되면서 잃어버렸던 모든 아름다운 풍경들이 모여 있었다. 꿈꿀 수 있는 곳. 꿈이 살아 있는 곳. 그곳이 금지된 땅이 된 이유는 "일벌레 나라를 위태롭게 만드는 것" 즉 꿈이 있었기 때문이었다. 존 임금님은 사랑하는 이와 손을 잡고서야 비로소 꿈의 숲을 재발견하게 된 것이다.

공주를 얻기 위한 존 임금님의 여행은 물리적인 위치 이동에 지나지 않았다. 그는 먼 길을 오가면서 단순히 가능성의 여지를 좁혀갔을 뿐이었다. 우리가 "여행"이라 생각하는 기준대로라면, 서쪽 숲으로 향하는 바로 그 순간만이 여행이었으리라. 높은 담을 지나 칠백칠십칠 번째 널빤지를 열어젖히는 그 순간만이, 오직.

어디로 가야 할까? 동화책 속의 여행은 "한 달간 출퇴근하면 월급을 받는다"와 크게 다르지 않았다. 동화에서는 어디로 가든 결국은 원하는 것을 만날 수 있다. 성공이 예정된 모험들은 구경하기에는 재미있었지만 그것이 내 일이 된다면 전혀 다른 문제가 된다. 동화는 떠나야만 얻을 수 있다며 나를 부추겼지만 현실 속의 나는 떠나고 싶지 않았다. 바보 이반들의 세계에 의문을 품은 어느 순간부터. 내가 갈림길에서 제대로 된 선택을 할 수 없을지도 모른다는 가능성을 발견한 그 순간부터.

존 임금님은 공주들을 보자마자 그녀가 자기가 찾던 배필감이 아님을 첫눈
에 알아챈다. 그런데 상대방이 그렇게 찾고 찾던 이상형의 여인인데 그녀가
존 임금님을 거절하면 어떻게 되는 걸까? 북쪽 산 나라의 공주와 결혼했는데
알고 보니 동쪽 늪 나라의 공주가 훨씬 사랑스럽다면 어떻게 되는 걸까? 남
서쪽이나 동북쪽에는 공주가 없었을까? 단순한 의문들은 점점 복잡한 양상
을 띤다.

나는 현명한 선택을 할 수 있을까? 나라면 더 나은 것이 있을지도 모른다는
유혹을 견뎌낼 수 있을까? 나라면 한눈에 아닌 것을 아니라고 판단 내릴 수
있을까? 존 임금님은 돌아와 늘 자기 옆에서 시중을 들던 셸리나를 새삼 발
견하지만, 여전히 아둔한 눈으로 발견하지 못한다면 어떻게 되는 것일까? 세
상의 모든 보물들은 혜안을 만나야만 했다. 그것이 바로 "보물이 준비되어 있
다"라는 것의 진정한 뜻이었다. 내가 준비되어 있지 않다면, 보물은 한낱 돌
덩어리에 지나지 않는 것이다.

중요한 건 시선이다. 혜안이다. 깨달음이고, 열린 태
도이다. 여행을 떠나서 보물을 찾아오는 게 아니라
여행을 통해 내가 보물이 되어야 했다.

보물을 알아보는 눈이 되어야 했다. 먼 곳일 필요도 없었고 낯선 곳일 필요도 없었다. 그러한 혜안은 여행을 통해서 생겨나기도 하지만, 그러한 시선 없이 떠나는 여행은 퍽퍽한 왕복운동에 지나지 않기도 하다. 그 미묘한 상승작용을 여행을 떠나서야 비로소 깨달았다.

아직도 나는 나의 우글우글한 바보 이반들을 사랑한다. 그 아이들이 떠났다 돌아오는 것, 그 과정에서 생기는 일들을 보는 것은 재미있었고 지금도 재미있다. 그들은 내게 떠나야 한다고, 떠나지 않으면 아무것도 이루어지지 않는다고 말해주었고, 그것은 진리였다. 그것은 여행의 시작이다. 하지만 또한 극히 일부에 지나지 않는다. 여전히 이반들은 "어디로?"라는 질문에 답해주지 않는다. 그 대답은 내 스스로 해야 할 것이다. 나는 늘, 서쪽 숲으로 여행을 떠난다, 라고. 내 스스로가 셀리나가 되어.

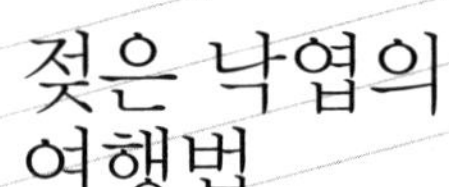

젖은 낙엽의
여행법

출발이 가까워오면 내 여행동료는 나를 "꾸린다." 나를 꾸리는 방법은 여행가방을 꾸리는 방법과 비슷하다. 나를 연다. 내가 꾸린 여행가방을 넣는다. 다시 닫는다. 그리고 나를 끌고, 비행기를 타러 가는 것이다. 차이가 있다면 내 여행가방은 내가 직접 꾸린다는 정도일 테다. 그건 내가 할 수 있는 일이기도 하고 또 꽤 신나는 일이기도 하니까.

여행을 가려는 사람에게 필요한 것은 무엇일까. 여행을 가야겠다는 동기는 가장 먼저 갖춰야 할 것이지만, 동기만으로 선뜻 출발할 수 있는 것은 아니다. 어디로 갈 것인가, 무엇을 얻을 수 있을 것인가, 생각은 필요하지만 그것만으로 여행의 준비가 다 끝난 것은 아니다. "어떻게"가 남는다. 표를 끊고, 숙소를 알아보고, 환율을 체크하고, 여비를 확보하고. 두루마리 휴지만큼 긴 체크리스트가 눈앞에 놓인다. 펜을 들고 머뭇머뭇 갈등할밖에. 이 모든 일들을 처리해낼 수 있을까? 내게 묻는다면 단호히 대답하리라. "아니요"라고.

지난번 일본여행의 목적 중 하나는 혼자 여행할 수 있는 경험을 쌓는 것이었다. 공항에 내려 표를 바로 보고 뒤집어 보고, 지하철 타러 가는 방향이 어디인지 상하좌우를 살피고, 한자와 가타카나를 대조하고 가타카나와 히라가나를 대조해보는 시간은 참다못한 동행의 버럭질로 십 분을 넘기지 못했다. 그러고도 지하철을 놓쳐 또 한참을 기다려야 했다. 일본의 지하철 노선을 단 하나의 철도와 단 두 개의 역으로만 이루어진 이스탄불의 지하철만큼이나 꿰뚫고 있던 동행은 나 때문에 지하철을 놓쳤다고 이박삼일은 투덜댔다. 그 뒤로 나는 목적지 따위는 관심에도 두지 않고 타라는 버스를 타고 동행의 등을 쫓아 지하철을 탔다. 솔직히, 편하기 이를 데 없었다.

나는 혼자 여행 다녀왔다는 여자들의 여행기를 보면 입을 쩍 벌리고 감탄한다. 그녀들이 종횡무진 누비고 다니는 세계의 넓이를 생각하면 어지러워진다. 책 속의 그녀들은 온갖 절차들을 척척 밟고 갖은 위험들을 흥미로운 에피소드쯤으로 치부한다. 험한 음식과 불편한 잠자리는 그녀들의 여행을 다채롭게 하기 위한 옵션이다. 그녀들의 고생은 깨달음을 얻기 위한 알찬 비용이 되고, 그녀들의 좌절은 다시 시도하여 성공했을 때의 기쁨을 위해 한 겹 깔아두는 복선에 지나지 않는다.

그녀들과 비교하며 여행지에서의 나를 떠올리지 않을 수 없다. 처음 터키에 갔을 때 나를 잘 몰랐던 일행은 무척 상큼하게 "마음에 드는 데가 있으면 따로 다니다 만나요"라고 말했다. 겁이 덜컥 난 나는 집요하게 그녀를 쫓아다녔다. 여행이 거의 끝나갈 무렵 이스탄불에 돌아와서야 그녀는 나를 겨우 떼어낼 수 있었다. 지중해에서 지나치게 태워 살이 빨갛게 일어난 상태라 그녀가 가고 싶어하는 터키식 목욕탕인 함맘에는 도저히 따라갈 수 없었기 때문이다. 그녀가 함맘에서 목욕을 즐기는 사이에 내가 어디서 무엇을 했는지는 전혀 기억나지 않는다. 아마도 도미토리의 구석에 쿡, 박혀 있었으리라.

여행 도중 짧지만 완벽하게 길 위에 혼자 남은 적이 없었던 것은 아니다. 베트남 달랏에서 우리들은 오토바이를 빌렸다. 일행 세 명 중 오토바이를 운전할 수 있는 사람은 단 한 사람. 오토바이 한 대에 엄마, 아빠에 네 남매까지 올망졸망 타고 다니는 베트남 사람들만큼 내공이 되지 못한 우리는 운전자 한 사람이 한 명씩 뒤에 태우고 실어나르기로 했다. 한 명을 태워 저만큼 내려놓고, 그 다음 사람을 태우러 돌아왔다가, 그 사람을 태우고 저만치 또 앞에 내려놓고 좀 전에 내려놓은 사람을 찾으러 가는 식이었다. 동선은 박음질처럼 촘촘하게 겹쳤다.

처음엔 좋았다. 설렁설렁 걷다가 말 한 마디 통하지 않는 구멍가게에 들어가 정체를 알 수 없는 푸딩을 사 먹기도 했다. 짧은 영어 단어들은 미소로 틈이 메워졌고, 우리는 서로 사실을 확인할 수 없는 수다를 떨었다. 알아들을 수 없는 단어들보다 호감에 찬 손짓이 앞선 대화였다. 왠지 나를 예쁘다고 말하는 듯해 왠지 나도 고마워하는 몸짓을 취하면서 우리는 느긋하게 길을 내다보며 푸딩을 먹었다. 오, 나는 완벽하게 타지 한가운데의 타인이었다. 이런 맛에 혼자 여행하나보다 싶었다.

그러나 혼자 있는 시간이 두 번 세 번 반복될 때마다 심상찮은 일들이 일어났다. 어느 삼거리에 내려 금붕어를 봉지에 담아 천진난만하게 노는 아이들을 몇 장 찍고 있는데 저 멀리서부터 남자들이 삼삼오오 다가오는 게 보였다. 아이들만큼이나 천진난만할 게 분명한 그 남자들은 나를 에워싸더니 자기들도 한 장 찍어 달라 했다. 반쯤 어리둥절하고 살짝 무서워하며 그들을 몇 장 찍어주다보니 필름이 떨어졌는데, 필름을 갈기 위해 가방을 뒤적거리는 순간에도 사람들은 스스럼없이 내 카메라를 만져보고 내 옷을 만져보았다. 수많은 손들의 습격은 그 손이 악의가 있든 없든 무섭다는 것을 그때 알았다.

그 다음번에 나를 습격한 것은 아이들의 손이었다. 수많은 남자들에 둘러싸여 허우적대고 있는 나를 건져낸 일행은 이번에는 아이들이 노는 한가운데 나를 내려놓았다. 아이들은 덜 무섭겠거니 생각한 건 착각이었다. 자기들끼리 신나게 놀던 아이들은 나를 보자 반짝반짝 관심을 보였다. 천진난만하게 달려온 아이들은 처음에는 나를 기쁘게 했지만, 그 뒤로 악몽이 이어졌다. 아이들은 뭐라 알아들을 수 없는 말로 소리치며 말 그대로 나를 "덮쳤다." 아이들의 손은 내 반지를 강제로 빼려 하고, 내 옷을 들추고, 내 가방을 잡아당기고, 옷 속에 메고 있던 지갑가방을 찾아내 당겨댔다. 아하하아하하하. 나는 얼빠진 듯 웃고 있는 얼굴을 하고선 내 물건들을 필사적으로 도로 잡아당겼다.

그 자리를 빠져나와 돌이켜 생각을 해보니 아이들은 단지 묻고 싶었던 건지도 모르겠다. (반지를 건드리며) 결혼은 했어? (옷을 만져보며) 이건 어느 나라에서 만든 옷이야? (가방을 쓰다듬으며) 이 안에는 뭐가 들었어? (지갑가방을 건드리며) 왜 이 작은 가방은 옷 속에 있어? 등등등. 아이들의 천진난만했던 얼굴을 생각하면 내가 괜한 오해를 한 게 아닌가 하는 죄책감마저 든다. 그러나, 그렇다고 해서 내가 겪었던 것이 사실은 평화로운 대화의 과정이었다고 미화할 수는 없다. 실제로 나는 공포를 느꼈으니까.

별것 아니었을 가능성, 사실 높다. 나로서는 상상하기 어렵지만 진정 대범한 분들은 얘깃거리가 생겼다며 그런 상황을 즐길지도 모르겠다. 하지만 나는 그렇게 담대한 인간이 못 된다. 혼자 남겨졌을 때마다 끈 떨어진 연처럼 우뚝 서버리곤 했던 내가 그동안 여행을 할 수 있었던 것은 모두 동행인들의 너그러운 마음 덕분이다.

그리하여 나의 여행의 콘셉트는
예전부터 지금까지 "젖은 낙엽"이다.
여행의 모든 실무를 도맡은 동료에게서 떨어지지 않는 것이다.
소심하고, 덜렁대고,
영어도 못하고, 숫자에 지독하게 약하고,
기억력이나 생존력 따위의 '힘'이라고는 약에 쓰려도 없는 주제에
여행은 좋아한다면,
나와 같은 자구책을 찾을 수밖에 없으리라.

물론 "젖은 낙엽"도 능력은 필요하다. 가장 큰 능력은 알맞은 여행동료를 발견하는 능력이다. 자칫했다가는 젖은 낙엽은커녕 단체 미아가 될 가능성도 있으니 적어도 나보다는 생존력이 있는 사람을 찾아내야 한다. 두 번째는 적당한 접착력이다. 포스트잇은 너무 잘 떨어져 안 되고, 청테이프는 너무 접착력이 강해 민폐다. 움직임을 방해하지 않으면서도 위험하리만큼 떨어지지는 않는 수준의 접착력은 동료의 성격과 동료와의 관계에 따라 달라지므로 유연한 판단력을 필요로 한다. '접착력'은 '무게감'과도 연결된다. 동료가 "무겁다"고 여기는 순간 민폐는 시작된다. 공기처럼 가볍게 달라붙는 것이야말로 능력이다.

세 번째는 기브앤드테이크 정신이다. 무턱대고 매달려 질질 끌려가면서도 바라는 게 많은 여행동료를 원할 사람은 없다. 내가 무엇을 내놓을 수 있을까? 이 또한 동료와 나의 개인적 특성에 따라 결정될 일. 수시로 자신의 태도를 돌아보아야 한다. 네 번째는 잊기 쉬운 것인데, 가끔은 자기주장을 분명하게 펼쳐야 한다는 것이다. 어딜 갈까? 아무 데나. 뭘 먹을까? 아무거나. 그런 자세는 겸양의 표현인 듯 보이지만 사실은 '선택'이라는 '일'마저 동료에게 밀어버리는 짓이다. 선택도 머리를 써야 하는 피곤한 일 중의 하나다. 그러므로 어떨 땐 과감하게 선택을 내리고 동료에게 '강요'하는 자세도 필요하다.

물론 무척 비굴해 보인다. 하지만 여행이 내게 준 그 수많은 경이의 순간을 생각하면 살짝 비굴한 것쯤, 괜찮다. 어차피 여행을 하기 위해서 우리는 조금쯤은 비굴해야 한다. 휴가를 얻기 위해 머리를 굴리고, 상사에게 비굴하게 웃어야 하고, 여행용품을 조금이라도 싸게 사기 위해 깎아달라고 아첨의 눈웃음을 쳐야 한다. 말이 안 통하는 현지인에게도 언성을 높이기 전에 일단은 내가 적이 아니라는 호의의 제스처를 취해야 한다. 그래야 여행이 편하니까. 비굴은 행복한 여행을 위한 기본적인 처세술이다.

그래도 여행 구력이 늘다보니 가끔은 자만심이 불쑥 머리를 든다. 관광객의 지갑을 쳐다보고 있는 상인들은 내가 원하는 것을 어떻게든 눈치로 알아채고, 바라는 바가 단순하면 말로 전달하지 않아도 대부분의 사람들이 이해한다는 것을 알게 된 것이다. 지난 도쿄여행 때는 과감하게 시모기타자와를 혼자 돌아다니기도 했다. 온갖 가게를 구경하고 쇼핑도 마음껏 했다. 단 한 번, 유니클로에서 하나를 사면 하나를 더 준다는 말을 못 알아들어 지배인까지 불려나오는 소동을 일으키기는 했지만 결국은 모두가 행복한 결론에 도달했다. 아직 탑승 수속 밟는 법은 잘 모르지만, 일단 면세점에 들어서면 필요한 곳을 찾아가는 능력은 확실히 갖추게 되었다. 경험치가 쌓이다 보니 말을 못 알아들어도 뭘 물어보는지 대충 알 것도 같다. 보디랭귀지도 늘었다. 이러다 언젠가 혼자 여행하는 날도 오지 않을까? 비닐봉지처럼 혼자 나풀나풀 날아다니는 날이.

혼자 여행할 수 있는 날이 온다면 하고 싶은 게 많다.

우선은 여행가고 싶을 때 막무가내로 떠날 테다.

괜히 눈치 보며 같이 갈 사람을 구하지 않아도 될 테니

여행이 얼마나 손쉬워질 것인가.

그렇게 여행을 떠나서, 왜 사람들이

"진정한 여행은 혼자 떠나는 여행이다"라고 하는지

온몸으로 음미해줄 테다.

세계관이 바뀌어서 돌아올 것이다.

낯선 곳에서 오롯이 내 안을 들여다볼 것이다.

가고 싶은 곳에 가서 어느 누구의 의견도 묻지 않고

하고 싶은 것을 할 것이다.

그날이 온다면,

아마도 그렇게 되기까지 오랜 시간이 걸렸구나,

회상의 눈으로 돌아보게 될지도 모르겠다.

그러면서 아무 생각 없는 나를 데리고

그렇게 구석구석 돌아다녀준 동료들에게 새삼 감사하겠지.

그런 날이 오지 않더라도,

비굴하게 따라다녔던 여행의 기억들은

그 자체만으로도 따뜻하다.

그러니까, 여행이란 건

일단

떠나고 볼 일이다.

쓸데없는 자존심과 독립심은 차곡차곡

접어서 어딘가에 쑤셔 넣어놓고

일단, 가방부터 싸자.

‘관심’이 재구성하는
완벽한 세계

첫 여행 때 나와 함께 떠났다가 낡고 꼬질꼬질해진 채 돌아온 노트. 다시 한번 꺼내보니 처음으로 해외여행다운 여행을 하는 두근두근함이 갈피마다 끼워져 있다. 주변의 여행 고수들에게 받은 조언들이 빼곡히 적혀 있는 페이지가 있는가 하면, 여행에 대해 생각했던 것과 현실이 달라 당황한 마음도 살짝 묻어 있다. 일정을 하나도 빠뜨리지 않고 꼼꼼히 적으려는 노력. 그 와중에 인상적이었던 것을 잊지 않으려 급히 끼적인 글씨들. 십 년이 훨씬 지나 기억나는 것과 기억나지 않는 것을 헤아리며 노트를 들여다본다. 가끔 킬킬거리는 것을 잊지 않으며.

재미있는 것들은 앞 페이지에 몰려 있다. 각종 조언과 가이드북을 참조하여 "그곳에서 꼭 봐야 할 것들"의 목록을 뽑고 그에 대한 정보들을 꼼꼼히 적어놓았다. 수집 가능한 온갖 잡다한 정보를 적어둔 것 밑에는 빈 칸을 남겨두었더랬다. 직접 보고 난 뒤의 내 감상을 적을 칸이었다. 칸이 혹여 모자랄까봐 반 페이지씩 꼬박꼬박 할애해놓았더라. 헐거운 감상들은 그 반도 못 채웠더라만. 뭔가 거창한 것을 느끼고 감격을 쏟아 부을 공간이 필요하리라는 배려가 무색하게.

심지어 본 것들은 형광펜으로 표시해놓았다. 고등학교 때 주관식 시험을 보던 감각으로 나름대로의 모범 문제지를 뽑은 셈이다. 감상의 끝에는 가이드북의 정보가 맞는지 안 맞는지도 잊지 않고 체크하고 있었다. 뭔가를 하려고 하면 꼭 그에 관련된 책을 사고 책과 대조해가면서 진행하는 나쁜 버릇이 그때도 발동한 것이었다. 입장료나 오픈시간 같은 정보만이 아니다. 그곳에서 볼 수 있는 것의 역사와 예술적 의미들도 줄줄이 늘어놓았다. 소위 "감상 포인트"다. 감상 포인트 없이 어찌 감탄할 수 있겠는가? 물론 이 "감상 포인트"도 어김없이 체크의 도마에 올라와 있다.

여행을, 특히 유럽여행을 가기 전에 반드시 해야 할 일로 꼽히는 게 미술을 공부하는 것이다. 교과서에 나온 온갖 작품들, 유명하다는 작가의 유명하다는 작품들이 포진해 있는 유럽에 가면서 미술관 순례를 빼놓을 수 있나? 막상 갔는데 아무것도 못 알아보면 돈 아깝잖아? 그래서 학교 다닐 때도 하지 않았던 서양미술사 공부를 초단기에 섭렵하는 것이다. 리스트 중심으로, 감상 포인트에 밑줄 그으며.

좋다. 아주 바람직하다. 관심 없다고 생각만 하다가 막상 공부해보니 나한테 너무 착착 잘 맞더라, 까지는 아니더라도 일반인이 지니면 좋다고 여겨지는 교양의 한 자락을 이수하는 것이니까. 초단기로 공부했다 하더라도 오히려 그렇기 때문에 실물 작품을 보는 감동은 생생할 터이고, 아무것도 안 하기보다 문화와 예술에 대한 안목도 한층 더 업그레이드 될 것이다. 놀자고 여행 갔다가 교양마저 높아지다니! 이런 보람찬 일타쌍피가 있나.

하지만 평소 관심 없던 것에 갑자기 관심을 기울여서 얻는 여행은 과연 내 것일까? 여행을 떠난다고 하면 사람들은 '거창한 관점'을 가지기를 요구한다. 여행 계획을 짜면서 괜한 의무감에 시달린다. 유명한 미술관을 순례하거나, 건축 기행을 하거나, 유적지를 돌아보거나. 그 때문에 사람들은 관심도 없던 미술사와 건축사를 공부하고 타지의 역사를 공부한다. 아는 만큼 보인다잖아. 그리고 뭐든 '공부'는 좋은 거잖아.

틀렸다고 할 수는 없다. 하지만 내가 보고 싶은 것과 알고 싶은 것이 따로 있는데 그것을 제쳐두고 평소 관심도 없던 분야를 공부하는 것이 정답일 수는 없다. 내게 더 중요한 것이 있다면 그것을 여행의 핵심 주제로 삼아도 되지 않을까. 그것이 아무리 사소해 보이는 것이더라도.

여행을 떠나기 전 내가 어떤 것에 관심이 있는지에 따라 여행의 색깔은 달라진다. 지난번 내 뉴욕여행은 '초록'으로 정의할 수 있다. 아마존도 아니고, 오스트레일리아도 아니고, 미국 메인주(州)도 아니면서 초록? 관심사는 여행의 목적지를 정하는 것부터 당연히 영향력을 행사하겠지만, 그와 관련 없어 보이는 삭막한 대도시여도 상관없다. 관심은 어디에서건 그 대상을 찾아내니까. 자주 드나들어 익숙해졌다 싶은 인천공항에서 알로카시아 군단을 발견하고 감동하는 것쯤은 시작에 불과하다.

초록에 대한 관심은 낮게 바닥을 긴다. 가로수를 심어놓은 조막만 한 땅에 몇 포기 더 심어놓은 무심한 꽃들에 눈길이 간다. 이곳에 강아지가 오줌 싸지 못하게 하라는 귀여운 경고문들을 발견한다. 바쁜 일정에 식물원 방문 코스를 넣는다. 여행수첩의 책갈피에는 처음 본 나뭇잎들이 틈틈이 자리 잡는다. 그 도시의 공원의 숫자를 가늠하고, 공원에서 만난 조경사들의 손놀림을 집요하게 살핀다. 가게에서 판매하는 씨앗봉투를 들었다 놓았다 하고, 여행가방에 넣어갈 수 없는 무거운 질그릇 화분들이 눈에 아른거려 밤잠을 못 이룬다.

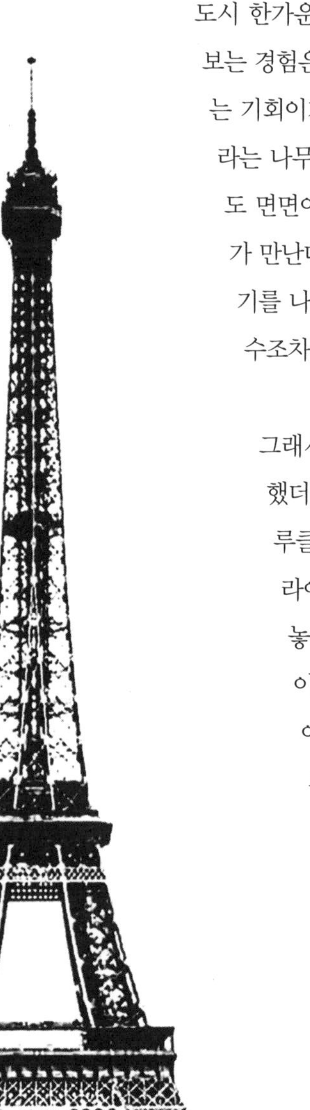

도시 한가운데서 사람들이 가꾸어내는 작은 뜰을 들여다보는 경험은 사람 사는 건 다 똑같구나, 하는 깨달음을 얻는 기회이기도 하다. 땅 어디서나 자신만의 방식으로 자라는 나무와 풀을 가꾸기 위해 사람들이 내는 아이디어도 면면이 비슷하다. 이 땅의 가드너와 우리 땅의 농부가 만난다면 아마 말 한 마디 통하지 않아도 많은 이야기를 나눌 수 있으리라. 나처럼 어설픈 이들은 끼어들 수조차 없을 굳은살의 대화.

그래서 나는 살짝, 분했다. 내가 좀더 내공이 단단했더라면 더 많은 것을 보고 알 수 있었을 텐데. 브루클린 식물원의 장미의 종류에 감탄하고, 우리나라에서는 볼 수 없는 희귀한 풀을 소중하게 찍어놓고, 옛 중세의 방식으로 뜰을 가꾸었다는 클로이스터스 수녀원의 나무 가꾸는 법을 찬찬히 들여다볼 수 있었을 텐데. 우리 집 뜰에 심을 꽃의 종류에 대한 힌트도 얻어올 수 있었을 텐데. 뉴욕 메트로폴리탄 미술관의 소장품 목록과 트리니티 성당의 역사도 알아두어서 나쁠 것은 당연히 없었지만, 그래도 더 많은 것을 착착 책갈피에 끼워올 수 있는 기회를 놓친 듯해, 욕심스런 마음이 시무룩해졌다.

그런데 또 '초록'이라고 냉큼 정의하고 나니 가방 속 깊숙이 챙겨 넣어온 '빈티지 천'들이 신경 쓰인다. 벼룩시장은 어떤 여행에서건 꼭 들르는 곳 중 하나인데, 그곳에 가면 이번 여행에서 내 관심사가 무엇인지 확연하게 드러나게 마련이다. 수많은 분야의 물건들이 널려 있으니까. 뉴욕여행에서 내 벼룩시장의 공략 대상은 소박한 수가 놓여 있는 빈티지 천들이었다. 냅킨, 혹은 테이블보, 커버 등으로 쓰였을 낡은 천들이 수놓은 부분을 위로 하고 쌓여 있으면 그냥 지나치질 못했다. 꽃무늬 자수 따위는 거들떠보지도 않던 시절도 있었건만, 관심사가 변하면 자연 동선이 바뀐다. 예전이었다면 어떤 순서를 따라 벼룩시장을 돌았을까?

이 또한 아는 만큼 보이기 마련. 빈티지 퀼트 숍에서 사오지 못한 조각천 더미가 생각나 돌아와서도 한동안 마음이 쓰렸다. 한 뼘 정도 쌓아서 묶은 뭉치가 1백 달러였는데 도무지 싼 건지 비싼 건지 가늠이 안 되는 거다. 오랫동안 빨아 써서 해실해실해진 천들은 매력적이었지만 빠듯한 예산과 정보 부족으로 결국 돌아설 수밖에 없었다. 집에 돌아와 그 분야에 전문가인 언니에게 물어보니 그 값은 충분히 하고도 남는 물건이었다. 무엇보다 눈앞에 아른거릴 만큼 예뻤다. 내가 조금만 더 잘 알았더라면 그 기회를 놓치지 않았을 텐데. 기회는 늘 무지 때문에 놓친다.

여행 동료와 관심사가 같다면, 물론 그보다 행복할 수는 없다. 정보를 나누고, 수다를 떨고, 동선을 잡을 때도 의견 일치를 보기 훨씬 쉬울 것이다. 관심사가 다르다면, 아쉬운 점이 많겠지만 그래도 새로운 세계를 기웃거리는 기회라며 위안을 얻을 밖에. 지난 여행에서는 각종 보드게임 세트에 미쳤던 지인은 이번에는 그쪽 방향으로는 심드렁했다. 그 대신 낡은 LP판을 보며 불타올랐다. 제법 규모가 되는데다 직접 들어볼 수 있게 턴테이블을 마련해놓은 스타일리시한 음반가게가 많은 뉴욕이다 보니 자꾸 발이 멈칫멈칫 선다. LP판은 그나마 구경하는 맛이라도 있으니 따라다니지만, 내 관심사가 아닌 것 주변을 오락가락하면 괜히 시간 낭비하는 듯한 기분이 드는 건 어쩔 수 없다. 내가 빈티지 천들 사이를 돌아다닐 때 동료의 기분을 헤아리며 내 마음을 다독거릴밖에. 그러다 LP판이 내 관심사에 슬몃 들어올 수도 있으니, 그렇게 새로운 세계를 만나기도 하는 것 아닌가. 다행히 그와 나는 '초록'에서는 통했다. 그 덕분에 우리는 비로소 비오는 식물원에서 평화로워질 수 있었다.

여행은 자신의 현재 관심사를 '확장'하는 과정이기도 하고 '발견'하는 과정이기도 하다. 확장을 목표로 갔다가 새로운 관심사를 발견하기도 하고, 뜻밖의 발견을 하고 돌아와서 일상을 확장의 계기로 삼기도 한다. 자유롭다. 한계를 둘 필요는 없다. 하지만 지금의 관심사를 아예 여행의 콘셉트로 못을 콕 박고 움직이면 여행의 깊이는 훨씬 늘어나게 된다. 사람들로 복작이는 미술관에서 모나리자를 먼발치에서 보고 돌아오는 여행과, 내가 원하는 것을 얻기 위해 변두리 헌책방을 찾아가는 여행이 같을 수는 없다.

《서재 결혼 시키기》에서 유별난 책 사랑을 선보인 앤 패디먼은 마흔두 살 생일을 맞이하던 날 아침, 남편에게 '미지의 목적지'로의 여행을 제안받는다. 그는 어디로 가는지도 밝히지 않은 채 그녀를 데리고 떠나는데, 도착한 곳은 '헤이스팅스-온-허드슨' 마을이었다. 가파른 언덕 아래 자리 잡고 있어 곧 허드슨 강으로 미끄러질 듯한 낡은 책방 안에는 삼십만 권의 헌책이 자리 잡고 있었다. 그들은 그 헌책방 안을 일곱 시간 동안 여행하고, 9킬로그램의 책을 건진다.

그녀는 낡은 책 9킬로그램이 싱싱한 캐비어 1킬로그램보다 적어도 아홉 배는 맛있다고 단언한다. 헌책방의 미로 같은 골목에서 일곱 시간을 헤맬 수 있는 공통의 관심사, 책에 대한 애정은 이들을 단단히 묶고 있다. 그녀는 그들 부부의 '헌책방 여행'을 빈센트 스타렛의 문장을 빌어 묘사한다. "새로 책을 찾아 나서는 길은 언제나 인도 제도로 항해하는 것이며, 묻힌 보물을 찾아 나서는 것이며, 무지개의 끝으로 여행하는 것이다. 그 끝에 금이 든 단지가 있든 그저 즐거운 책 한 권이 있든, 거기까지 가는 길에는 늘 경이가 넘친다."

작은 것, 다른 사람이 아닌 내게 의미 있는 것,
그 땅에 속해 있다기보다 내게 속해 있는 것,
남들의 시선 속에 있다기보다 내 속에 있는 것.

여행을 떠나기 전에,
나는 먼저 그것부터 헤아려본다.

즐겨본 드라마의 배경지를 따라가는 여행이
촌스럽다고 생각한 적도 있다.

하지만 여주인공이 살았던 집의 현관에서 사진을 찍고
그들이 먹었던 홍차를 마시며
감동적이었던 장면을 음미하고
같은 장면에서 감동을 받은 동료들과 수다를 떤다면,
얼마나 행복할까.

문득 그 행복이야말로
여행의 본질에 가까운 것은 아닐까,
하는 생각이 든다.

그리하여,
여행을 떠나는 순간

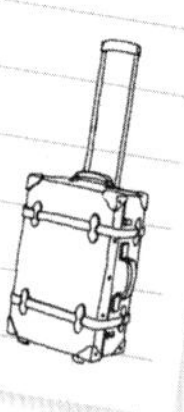

삶에 푹 안겨 있을 때가 있는 반면,
오직 두 손의 핏줄이 도드라지도록
힘껏 삶을 움켜쥐고 있어야만 할 때가 있다.
물침대 한가운데 던져진 것처럼 허우적대야
간신히 삶에서 몸을 일으킬 수 있는 때가 있는 반면,
손가락 힘만 풀려도
모든 것이 스르르 달아나는 때가 있다.
참 이상한 것은
이 끝과 저 끝에 있을 듯한 그 두 순간이
그리 멀지 않다는 것이다.
멀지 않은 정도가 아니다.
지나치게 가깝다.
그래서 우리는 문득
우리가 아무것도 디디고 있지 않음을
허공에서 까치발을 허우적대며 깨닫는다.
미처 손에 힘을 주기도 전에.

삶이 안온하다 못해 개미지옥 같을 때,
나 기분 좋자고 피워놓은 욕조 거품에 압사당할 지경일 때,
나는 여행가고 싶다고 중얼거렸다.
앞에 가는 남자의 등은 지나치게 널찍하고
등 뒤에 붙은 여자의 가슴은 너무나 육중하게 부풀어 오른 날,
삶에 흡수되다 못해 내 존재감조차 없어져야
비로소 돌아갈 이곳의 순리를 깨닫는 날,
바로 이 자리에서 둥둥 떠오를 묘수라도 되는 양
나는 '여행'이라는 단어를 떠올렸다.

유리로 만든 수직의 벼랑에 집을 짓듯 절박할 때도

나는 여행가고 싶다고 중얼거렸다.

내가 간신히 붙잡고 있는 것의 정체도 모른 채

하루하루 이어가는 핏줄 곤두선 나날들.

놓아버리면 어떻게 될까.

무한지옥으로 떨어지는 것일까.

알 수 없지만, 그것을 알아보기 위해

손을 놓을 수도 없는 어정쩡한 상태에서

나는 내 상황을 잊을 가장 적당한 방법으로

'여행'이라는 단어를 떠올렸다.

그러나 수리수리 마하수리를 중얼거리듯

여행가고 싶어를 중얼거리던 날들에는

나는 여행을 떠날 수 없었다.

간신히 잡고 있는 이것을 놓으면

다시는 이곳으로 돌아올 수 없을 것 같았다.

삶 자체의 접착력이 너무 강해서

내게서 강제로 떼어낼 수가 없었다.

착착 낱개 포장된 포장 안에 나는 완전히 감추어져 있었고,

달걀 껍데기도 아닌 그 일회용 포장은

뚫고 나오기에는 너무 나긋나긋하고 동시에 너무 질겼다.

잡고 있으면서 동시에 떠날 수는 없다.

깃대를 움켜쥔 깃발처럼,

나는 하염없이 펄럭거렸지만

그 어느 곳에도 갈 수 없었다.

어쩌면, 나는 내 스스로 떠나기를
완강하게 거부하고 있었는지도 모른다.
현실에 등을 힘껏 붙이고 서 있었던 것은 바로 나였는지도.
삶에 안겨 있을 때조차
나는 삶에 매달려 있을 때만큼이나 절박하여
온몸의 땀구멍조차 힘껏 이빨을 세워
이 땅의 후텁지근한 공기에 매달렸다.
그러지 않았다고는, 차마 말 못 하겠다.

나는 언제 떠날 수 있을까.
어쩌면, 여행은
삶이 적당히 가벼워졌을 때에야
떠날 수 있는 것인지도 모른다.
모든 것들이 새털처럼 가벼워져
저절로 둥둥 떠오르는 듯한 어느 날.
버스카드 충전하듯
비행기표를 결제할 수 있을 것 같은 기분이 드는 날.
그 경계의 어느 날,
혹은 무경계의 어느 날.
삶이 나를 안고 있는지 내가 삶을 잡고 있는지
가늠하는 것조차 잊은 날.
삶이 내 바깥에서 내 안으로 들어온 날.
내 몸이 춤추듯 떠오르는 날.
그러므로 여행가고 싶다는 중얼거림조차 잊어버린
그 어느 날.

지금 생각해보면,

그때에는 그것이 축복인지도 모르리.

여행은 축복처럼 다가오지만

그
렇
다.

두 번째 장

여행을 떠난다면 굉장한 변화를 겪을 것이라는
말은 말 그대로 개인적인 체험담일 뿐이다. 그렇게
말하는 개인들이 많을 뿐이다. 그러므로, 기대 없이
떠나는 것도 좋겠다. 여행에는 호들갑도 냉소도 필요
없으니. 오직 오감만이 그 길을 이끌 것이다. 돌아와
거울 앞에 서서 자신이 변화하였음을 느끼는 이가
있다면, 그에게 축하를 건네고 싶다.

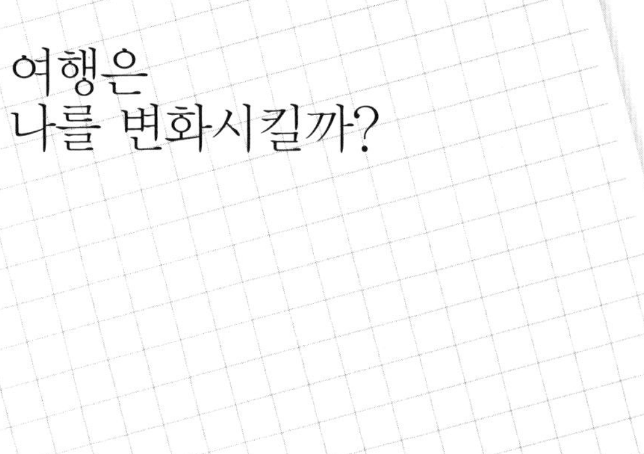
여행은
나를 변화시킬까?

"여행이 너의 인생을 근본적으로 변화시켰느냐"라고 묻는다면, 그 질문의 거창함에도 불구하고 나는 "그렇다"라고 대답할 수밖에 없다. 돌이켜 생각하면 그랬다. 여행을 떠나기 전의 나는 이 땅에 제대로 발을 못 붙이고 있었다. 하고 싶은 일에 인생을 걸겠다며 다니던 직장도 그만두고 들어간 학교에서 톡, 뱉어지듯 나온 지 얼마 안 되었을 때였다. 다시 취직을 하기에도 마뜩잖았고 근근이 아르바이트를 하며 계속 준비하자니 요원했다. 그나마 나를 움직이던 의욕도 바닥이었다. 고만고만하고 예측 가능한 삶은 싫었지만 도대체 예측 불가능한 삶이란 무엇인지, 그야말로 예측 불가능하지 않은가. 꿈을 좇아 굶어 죽는 것은 안 될 말이었지만 꿈을 포기한다고 해서 안정된 자리가 기다리고 있는 것도 아니었다.

통장 잔고도 바닥, 그래도 여행이 가고 싶었다. 막연한 예감이 있었는지 모르겠지만 기대하는 것은 그다지 없었다. 하지만 그때의 여행은 결국 나를 바꾸고 내 인생을 바꾸었다. 내 모든 감각이 폭죽처럼 터지던 시간들. 우주 한복판으로 우주복도 없이 내던져진 듯 나는 무한한 세계 한복판으로 뛰어들어 나의 오감을 극한까지 몰아세웠다. 세계는 하나가 아니었다. 겹쳐지고 펼쳐진 세계가 확, 실감나게 다가왔다. 내가 서성거리며 발 못 붙이던 땅이 까마득히 작게 느껴졌다.

《미식 예찬》의 저자 브리야 사바랭이 말했다던가. "당신이 먹은 것이 무엇인
지 말해달라, 그러면 당신이 어떤 사람인지 말해주겠다"라고. 먹는 것이 나를
만드는 게 맞다면, 내가 본 것과 들은 것, 겪은 것 또한 나를 만드는 것일 게
다. 사는 동안 한 번도 못 보았던 것을 보고 한 번도 못 들었던 것을 들으며 내
가 일으킨 세포 분열을 어찌 설명할까. 나는 여전히 나였지만 여행을 떠나기
전의 나와는 확실히 다른 사람이었다.

여행을 다녀오고 나서 나는 좀더 가벼워졌다. 경박해졌다는 의미는 아니다. 이전에도 충분히 경박했으니까. 삶에서 필요한 것이 그리 많지 않다는 것을 알게 되었고, 많은 이들이 자기 나름의 방식으로, 심지어 즐겁게 살아가고 있다는 것도 알게 되었다. 좀더 홀가분한 마음으로 글을 쓰는 법을 알게 되었고, 그런 글들이 사람들 마음속에 더 부드럽게 스며든다는 것도 알게 되었다. 미소가 여행에 있어 얼마나 중요한가 알게 된 것만큼이나 친절함이 인간관계에서 얼마나 중요한가도 알게 되었다.

여행을 떠나기 몇 년 전, 제법 영험하다 소문난 지인이 내 점을 봐주었다. 그분은 내가 해외로 나가게 될 거라 했고, 그 덕분에 운명이 바뀔 거라고 말했다. 내가 해외에 나가 무섭게 빨아들일 것들에 대해 얘기해주었다. 그분의 말에 따르면 나는 여기에서 말라죽어 가고 있었다. 해외에만 나가면 물속에 던져진 물고기처럼 파닥파닥 살아날 터였다.

사실 점을 좀 볼 줄 안다는 이들은 모두 그랬다. 내가 있을 곳은 여기가 아니라고 했다. 이 나라 밖으로 나가야 잘 살 수 있으리라 이구동성으로 예언했

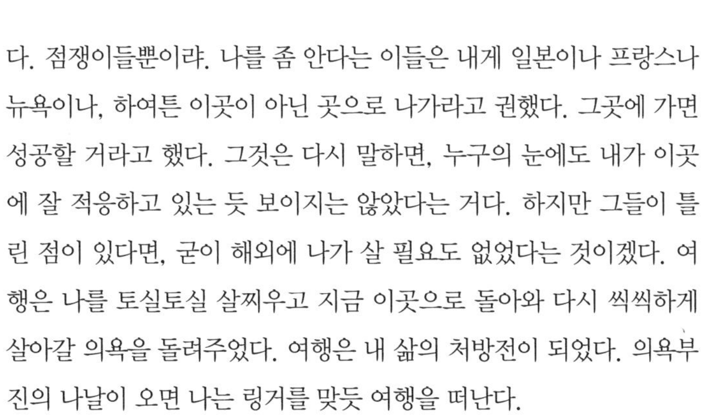

다. 점쟁이들뿐이랴. 나를 좀 안다는 이들은 내게 일본이나 프랑스나 뉴욕이나, 하여튼 이곳이 아닌 곳으로 나가라고 권했다. 그곳에 가면 성공할 거라고 했다. 그것은 다시 말하면, 누구의 눈에도 내가 이곳에 잘 적응하고 있는 듯 보이지는 않았다는 거다. 하지만 그들이 틀린 점이 있다면, 굳이 해외에 나가 살 필요도 없었다는 것이겠다. 여행은 나를 토실토실 살찌우고 지금 이곳으로 돌아와 다시 씩씩하게 살아갈 의욕을 돌려주었다. 여행은 내 삶의 처방전이 되었다. 의욕부진의 나날이 오면 나는 링거를 맞듯 여행을 떠난다.

그런 나를 돌아보며,
'여행서'와 '자기계발서'의 경계에 있는 책들을 읽는다.
그들은 여행이 가져올 혁명적인 변화에 대해서 말한다.

그것은 설득 가능한 교훈의 형태일 수도 있고
영적인 깨달음의 차원일 수도 있다.
그들의 목소리는 한 톤쯤 높고
하나같이 핑크빛 미래를 예언하고 있다.

어서 떠나지 않고 지금 왜 꾸물거리는가.
한번 떠나면,
떠나기만 한다면,
당신의 운명은 크게 바뀔 터인데.

나 또한 그렇게 말하고 싶다.
내가 몸소 겪은 변화들을 '간증'하고 싶다.
여행만 다녀오면 당신의 삶은 지금과 완전히 달라지리라고
가슴을 탕탕 치며 강변하고 싶다.

날 보라고 눈을 부라리고 싶다.
하지만 쉽게 말할 수는 없으리.
여행을 다녀와도 나는 나니까.
내가 나를 다시 발견하는 일이 있더라도
어쨌든 나는 나다.

많은 변화가 있었겠지만 뿌리부터 변하지는 않았을 게다.
그게 쉬운 일인가. 사람의 뿌리가 바뀌려면
뿌리가 뽑히는 경험을 하지 않으면 안 된다.
그것은 목숨을 걸어야 하는 문제다.

여행을 다녀와서도 아무것도 바뀌지 않은 이들도 있다. 그들의 내면 어딘가에 변화가 생겼을지는 알 수 없지만, 어쨌든 보기에는 그렇다. 여행이 아무런 영향을 끼치지 않는 사람들. 그들은 그만큼 자아가 단단하거나, 아니면 여행을 통한 변화 따위는 찻잔 속의 파도도 되지 않을 만큼 그릇이 큰 것일 테다. 모든 경험은 개개인에게 지극히 개인적인 흔적을 남긴다. 그러하니, 그 모든 것을 아우르는 '강변'과 '장담'은 얼마나 경솔한 것이랴.

여행을 떠난다면 굉장한 변화를 겪을 것이라는 말은 말 그대로 개인적인 체험담일 뿐이다. 그렇게 말하는 개인들이 많을 뿐이다. 그러므로 기대 없이 떠나는 것도 좋겠다. 여행에는 호들갑도 냉소도 필요 없으니. 오직 오감만이 그 길을 이끌 것이다. 돌아와 거울 앞에 서서 자신이 변화하였음을 느끼는 이가 있다면, 그에게 축하를 건네고 싶다. 그것이 얼마나 황홀한 경험인지 잘 알고 있으니까.

혼자 여행하기
vs
함께 여행하기

나는 혼자 여행해본 적은 없지만 세상에는 다른 사람과는 절대 같이 여행하지 못하는 사람도 있다는 것을 알고 있다. 그들은 말한다. 외로움은 투명한 볼록렌즈와 같아서 여행지의 표정과 냄새를 여행자의 속으로 깊이 끌어들인다고. 여행하는 이는 투명하고 무색무취해지거나 이 세상에 자신만이 남게 된다. 홀로 질문하고, 세계가 답한다. 혹은 세계가 질문하고, 홀로 답한다. 그 과정을 통하여 자신을 발견하게 되었노라고 말하는 이들을 만난다. 그러한 순간은 중독성이 강하다. 그들은 예외 없이 혼자 여행하기를 권한다.

혼자 하는 여행은 또한 이중의 여행이기도 하다. 우리 몸은 낯선 땅을 떠돌고, 우리 정신은 내 깊은 곳의 낯선 '나'의 속을 떠돈다. 그리하여 몸과 정신이 만난 나는 뜻밖의 선물처럼 깊은 각성의 순간을 만난다. 여행의 후일담은 다양하지만 혼자 여행하기를 즐겨하는 그녀들이 말하고 싶은 것은 오직 한 순간, 바로 그 각성의 순간이다. 그 후일담을 들으면서 나는 그 각성의 순간의 찬란함이 늘 부러웠다. 이곳에서의 외로움은 사람을 갉아먹기 십상이지만, 낯선 땅에서의 외로움은 안팎으로 털어낸 투명한 나를 보여줄 터였다.

신 포도를 바라보는 여우의 심정으로 하는 말이 아니라, 혼자 하는 여행은 사실 많은 단점을 가지고 있다. 위험하다. 그리고 불편하다. 도둑맞기 쉽다. 짐을 봐줄 수 있는 동료가 없으니 화장실을 가더라도 이고지고 가야 하고, 몇 개나 되는 가방들을 빠릿빠릿하게 챙겨야 한다. 내 몸 하나 챙기는 데 숨 돌릴 틈이 없다. 분담할 동료가 없으니 그 불편을 고스란히 짊어져야 한다. 어쩌다 사소한 다툼이 일어나도 도와줄 사람이 없으니 늘 궁지에 몰린다. "백지장도 맞들면 낫다"라는 속담을 절실하게 이해하게 된다.

그럼에도 불구하고 혼자 갈 수밖에 없는 이유는 많다.

처음 혼자 여행하게 된 이유가 "어쩔 수 없었기 때문"이라는 사람들을 종종 본다.
친구들과 시간 맞추기 어렵기 때문에.
여행동료를 구하기가 쉽지 않았기 때문에.
다들 바쁜 와중에 마음 맞는 사람과
일정을 맞추기란
쉽지 않다.
그래도 여행은 떠나야 하겠고.
결국 자의반 타의반으로 떠난 여행이
"인생의 여행"이 되는 것이다. 짠짠.

물론 순전히 혼자 가고 싶어서일 때도 있다. 혼자 가게 되면 아무래도 자신에 대해서 많이 생각하게 되니까. 누구나 혼자 있고 싶을 때가 있지만 완벽하게 혼자 있기에 이곳은 서로가 너무 가깝다. 관계의 끈은 외면하기에는 너무 끈끈하다. 낯선 곳에서, 모르는 사람들 사이에서, 우리는 제대로 완벽하게 혼자가 될 수 있는 게 아닐까. 혼자만의 여행을 다녀와서 자신의 인생에 대해 다시 생각해보게 되었다는 사람들, 적지 않다. 남의 눈으로만 보던 인생을 자신의 눈으로 고쳐보게 된 것이다.

여행을 좋아하지 않던 내 친구가 제주도로 짧은 여행을 가게 된 것은 주변의 상황들에 지쳤기 때문이었다고 했다. 철 지난 바닷가 호텔방을 잡고 들어선 여행이 재미있었다고는 결코 말할 수 없었다. 그녀는 방을 거의 떠나지 않았고, 가끔 밥 먹으러 내려간 호텔식당에는 불륜으로 보이는 중년 커플들만 말없이 밥을 먹고 있었더란다. 창밖으로 내다보이는 바닷가에는 아무도 수영을 하지 않고, 낮이고 밤이고 사람이 없긴 마찬가지였더란다. 하지만 좋았다, 고 그녀는 힘주어 말했다. 인터넷도 안 되고 할 일도 없는 호텔방 베란다에 앉아서 캄캄해서 보이지도 않는 바다의 파도소리를 듣던 몇 시간. 매일 몇 시간씩. 딱히 무슨 생각을 집요하게 한 것도 아니었건만 돌아올 즈음에는 생각이 많이 정리되어 있었다, 고 그녀는 말했다. 어느 누구의 '조언'도 없던 덕분이다.

혼자 여행을 떠나는 이유가 일행과 일정을 맞추기 귀찮고 기호와 취향을 맞추기는 더 귀찮기 때문이다, 라는 것은 또 하나의 강력한 이유다. 사실 "좋은 여행친구"가 되기는 쉽지 않다. 밤에 서로의 집으로 헤어질 수 있는 상황에서는 좋은 친구였던 관계가 며칠씩 같이 생활하면서 깨지는 건 너무 쉽다. 서로에게 감춰왔던 적나라한 모습들을 너무 많이 보게 되기 때문이다.

헤밍웨이와 피츠제럴드도 꽤나 돈독한 친구
사이였지만 남프랑스로 여행을 함께 떠났다가
돌아올 때는 각각 따로 왔더란다. 그 여행 이후
헤밍웨이는 사랑하는 사람이 아니면 반드시 혼
자 여행하겠다, 결심했더란다. 그들 둘 사이에 어
떤 일이 있었는지는 모르지만, 그닥 거창한 일이 아
닐 거라는 건 짐작할 수 있다. 돌아와 생각하면 너무나
사소해서 부끄럽기까지 한 일들 때문에 여행동료 사이
에 결정적인 균열이 일어나는 일은 비일비재하다. 이우일
과 현태준의 경우는 어떠한가. 도쿄를 같이 여행했던 그들
은 서로의 취향의 차이를 인정하고 침해하지 않으려 노력했
건만, 돌아오는 차편에서 생긴 트러블 때문에 한동안 절
대 얼굴을 보지 않았다. 현태준의 무신경함 때문에 거금
이십만 원 상당의 택시비를 써야 했던 이우일은 격분했
다. 감정의 앙금이 가라앉고 흔연히 만날 수 있게 된
이후에야, 이우일은 자신의 책 《좋은 여행》에서 그
전말을 밝히곤 킬킬댔다.

헤밍웨이와 피츠제럴드, 이우일과 현태준뿐이겠
는가. 자는 곳, 먹는 것, 걷는 방법, 시간을 보내는
법, 그 모든 것이 다르다면, 그럼에도 불구하고 둘
을 묶어줄 수 있는 것은 서로를 위해 내 취향쯤은
접어도 좋다는 돈독한 애정밖엔 없을 것이다. 아
니면 한쪽에서 전적으로 여행비를 부담하거나.

혼자 여행을 하는 것은 인생에 있어서도 필요한 과정이라고 한다. 특히 여자에게. 심리치료사 플로렌스 포크는《미술관에는 왜 혼자 인 여자가 많을까?》라는 책에서 여자들에게 혼자 있는 훈련이 절실함을 강조한다. 다른 사람, 특히 남자를 통해서만 자신을 바라보기를 거듭해온 여자들은 혼자 남는 상황을 견디지 못하며 혼자 남았을 때 자신의 인생이 실패했다고 느낀다. 그녀들은 어떻게 '고독'과 '외로움'이 같은 단어가 아니라는 것을 알게 될까. 혼자 여행을 떠나볼 일이다. 그리하여, 자발적으로 '혼자'라는 상태에 스스로를 두어보아야 할 것이다.

그러나 "혼자 하는 여행" 예찬이 "같이하는 여행"의 재미를 외면하는 것은 아니다. 여행이란 것, 과연 지리적 개념에만 국한된 것일까. 두 다리로 땅 위를 디디는 물리적 행위만 해당되는 것일까. 우리는 여행이라는 방법으로 다른 사람을 알아가는 게 아닐까. 같이 떠난 동료 또한 우리에게는 미지의 여행지인 것이 아닐까. 그러한 이중의 여행이, 여행을 좀더 풍부하고 입체적으로 만들어준다는 장점은 버리기 힘들다. 실망하기도 하겠지만 발견하기도 할 것이다. 어떤 여행이 그렇지 않을 것인가.

오랜 시간 일의 동료이자 여행동료로 지낸 친구가 있다. 처음 같이 여행을 떠났을 때는 트러블의 연속이었다. 나보다 먼저 유럽을 다녀온 그는 그곳에 가면 누구나 가고 싶어할 만한 곳들을 "촌스럽다"며 행선지에서 뺐다. 루브르도 그래서 못 갔고, 에펠탑도 그래서 보지 못했다. 여행의 선배이고 또 여행의 모든 실무들을 결정하고 진행하는 친구이다 보니 나로서도 딱히 반대할 이유는 없었다. 그러나 명불허전, 유명한 곳은 한번쯤 가볼 필요가 있다는 것을 여행 도중에 발견하고 말았다. 친구가 일정에서 뺐으나 지나가다 화장실이나 이용하려고 들른 대영박물관에서 크나큰 문화적 충격을 받은 것이다. 이토록 멋진 걸 보지 못하게 했단 말이야? 그 뒤 나는 그의 모든 말들을 의심했다. 그로서도 처음부터 끝까지 돌봐야 하는 내가 탐탁지만은 않았으리라.

그러나 한 번의 여행은 그 다음번 여행으로 이어지고, 또 그 다음으로 이어졌다. 그 과정에서 우리는 서로를 위한 자리를 조금씩 마련해갔다. 그 다음 여행에서 그는 내가 좋아할 만한 곳을 중심으로 일정을 짰다. 내가 어떤 곳을 좋아할지 고심하고 나를 아는 주변사람들에게 물어보았다. 물론 그렇다고 해서 트러블이 없는 것은 아니었다. 그 다음에는 '속도'가 문제였다. 내가 좋아할 만한 곳에 가서 내가 좋아서 느릿느릿 돌아보고 있으면, 어서 다음 장소로 가자고 보챘다. 내가 좋아할 틈을 주지 않았다. 내가 항변하면 그는 다음에 갈 곳도 좋은 곳이라며 나를 설득하려 했다. 티격태격, 그러면서 우리는 서로의 성향을 들여다보고 이해하기 시작했다. 서울로 돌아와 이어졌던 공동작업들이 비교적 수월했던 것은 아마도 여행지에서의 연마가 한몫을 했으리라.

남자 한 명과 여자 한 명으로 이루어진 여행팀이라니, 수상쩍은 눈길도 자주 받았다. 어머니는 왜 결혼하지도 않을 남자와 같이 여행을 떠나느냐고 의심했고, 나는 왜 가면 안 되느냐고 반문했다. 베트남여행을 같이 가기로 한 친구는 다른 친구들에게 왜 커플 사이에 눈치 없이 끼느냐고 타박을 받았다고 여행 후에 고백했다. 그녀는 그 여행에서 우리 둘이 커플이 아니라는 걸 확신했다 했는데, 그 이유는 말 그대로 사소한 것이었다. 내가 빨아놓은 속옷을 어디에 널어야 할지 궁리하더란다. 동성 간이라면 너나없이 섞어 널었을 빨래를 각자 잘 안 보일 것이라 생각하는 곳에 널고 시침을 떼야 하는 건 확실히 불편하다. 그렇지만 그 정도의 불편은 감수해도 될 만큼 좋은 여행친구인 걸 어쩌랴. 어쩌면 그러한 성별과 성향의 차이가 우리 둘을 한 팀으로 묶었던 것이 아닐까 싶을 때도 있다. 돌아와서 거기 좋았지, 그치 그치, 얘기하기 좋은 화제를 풍성하게 갖게 된 것도 같이 여행했기 때문에 가질 수 있는 좋은 점이다.

혼자 여행해보지 않은 반쪽의 여행자이고 그 때문에 늘 혼자 하는 여행을 동경하기는 하지만, 나는 내 친구와 하는 여행의 재미를 포기하거나 폄하할 생각은 전혀 없다. 결론은 단순하다. 혼자도 좋고 여럿도 좋다. 혼자이든 같이 가든, 중요한 것은 여행을 자주 떠나는 것이다. 쇼윈도에 비친 나를 친구삼아 다녀도 좋고, 셀프카메라로 찍은 내 모습만 잔뜩인 앨범을 만들어도 좋고, 둘도 없는 친구의 실망스러운 점을 발견하여 혼자 끙끙 앓아도 좋고, 뜻밖의 좋은 사람을 만나 깊이 우정을 나눈다면 더 바랄 나위가 없다.

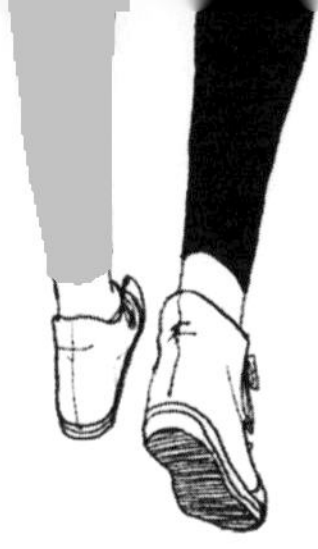

그렇게 사람을 만나고 나를 만난다.

할 만하지 않은가,

여행이란 것.

우리는 어디에서 사람을 만나는가

그 여행에서만큼 다양한 사람을 만난 적은 없었다. 무려 사십여 명이 움직이는 대군단이었는데, 직업도 나이도 연령도 살아온 이력도 제각각이었다. 나도 그들이 신기했고 그들도 나를 신기해했다. 여행지에서도 서로를 구경하기 바빴다. 일행 중의 한 '사장님'은 말했다. "여태까지 만난 여자는 여직원 아니면 술집여자, 두 종류였는데. 새로운 부류의 여자를 만나니 어떻게 대해야 할지 모르겠어." 놀라운 일이었다. 내가 전부라 생각했던 세계는 어떤 이들에게는 전무한 세계였던 것이다.

우리가 사람을 만나는 곳은 생각보다 참, 좁다. 인터넷이 없었다면 나는 사람들을 어디서 만났을까? 누군가는 직장의 옆자리에 앉은 인연으로 만날 것이고, 누군가는 소개팅에서 만날 것이고, 누군가는 친구 결혼식 피로연에서 만날 것이고, 누군가는 단골가게에서 만날 것이다. 직장도 안 다니고, 소개팅 따위는 하지 않으며, 남의 결혼식은 가지 않는 게 신조인 나 같은 사람은 사람 만나는 폭이 훨씬 좁아질 수밖에 없다. 인터넷과 술자리가 아니었다면 나는 신종 히키코모리로 분류되지 않았을까. 아는 사람이 없어 밖에 나가지 않는 사람.

그리고 또 있다. '여행'이다. 여행은 낯선 땅을 딛게 만듦과 동시에 낯선 사람들을 만나게 한다. 여행의 목적지는 지역이고 또 동시에 사람이다. 여행지에서 사람을 알게 되는 경험은 짧지만 깊다. 각자 숨어들 곳을 등 뒤에 두고 예의 바르게 웃음 짓고 깍듯하게 악수하며 헤어지는 만남에 비해 초췌한 뒷면, 감출 길 없는 길 위에서의 만남은 좀더 날것일 수밖에 없다. 그렇게 우리는, 여행을 떠나 두 종류의 사람을 만나게 된다. 여행 동료, 그리고 바로 그곳에서 만난 현지 사람들.

혼자이거나 혹은 친한 친구와 훌쩍 떠나는 게 여행이라고 생각하는 이들에게는 낯설겠지만, 아예 모르는 이들로 조직된 여행팀에 섞이는 경우는 생각보다 많다. 다양한 형태의 패키지여행 대부분이 그렇다. 교회나 단체에서 조직한 여행의 경우에도 조직의 규모가 크면 친한 사람보다 낯선 사람이 많기 마련이다. 서로 잘 안다고 생각했던 사람들도 같이 여행가서 서로의 뒷면을 보고 깜짝 놀라는 일이 적지 않은 것을 생각한다면, 여행은 '사람의 발견'이라 해도 무방하다.

그리고 무엇보다 현지의 친구를 사귈 수 있다는 건 여행의 정말 좋은 점이다. 많은 여행기들이 현지에서 만난 좋은 친구들에 대해 이야기를 한다. 그들은 유머감각 있고, 친절하며, 똑똑하고, 속이 깊다. 외국에서 온 친구들에게 자신의 나라의 매력을 발견하도록 돕고 돌아간 뒤에도 지속적으로 연락하며 우정을 쌓아나간다. 외국에서 친구를 사귀는 건 '득템'에 가깝다.

하지만 정말 그럴까? 여행지에서 만난 사람이 우리를 감동시킬 때, 그 진정성에 대해서 의심하는 것은 왠지 불경죄를 짓는 느낌을 준다. 사람이 사람의 마음을 움직이는 순간은 너무나 각별하기 때문에, 그 순간의 의심은 각별한 순간을 더럽혔다는 죄책감으로까지 이어진다. 하지만 그 순간에 대한 의심은 타당하고 필요한 것이다. 그가 흑심을 품고 가식적으로 대한 것이 아니라고 하더라도 그것이 그의 '본질'이 아닐 수는 있기 때문이다. 어떤 순간의 마술 혹은 착각. 그래도 우리는 상대방인 '그'에게 감동하는 게 맞을까? 아니, 그 순간의 감동을 '그'에 대한 판단의 근거로 어디까지 삼을 수 있을까? 이것은 확실히 어려운 문제다.

터키의 쉬린제 마을에 버스를 타고 들어간 우리는 버스정류장까지 나와 있는 마을 사람들의 환대를 받았다. 그 환영의 무리 속에 있었던, 말이 통하지 않아 손짓

발짓하는 아주머니를 따라 찾아간 집은 작고 추레했지만 아늑했
다. 벽에는 작은 사진들을 잔뜩 밀어넣은 액자가 걸려 있고,
가구도 변변치 않은 어두운 방 안에는 부끄러움 타는 순진
한 아들이 있었다. 터키의 시골 모습을 볼 수 있다는 가
이드북의 말을 믿고 무작정 나선 참이었다. 그들의 순
박한 삶의 속살을 이렇게 깊이 들여다볼 수 있다
니. 눈에 보이는 게 전부인 작은 집에서 우리는
얌전히 바닥에 앉아 고개만 휘휘 돌려댔다.
아주머니는 호의에 가득 찬 웃음을 보이며

우리에게 터키 사람들이 즐겨 마시는 음
료인 아이란을 내밀었다. 감동적인 경험이었다.
강매가 시작되기 전까지는.

인형들, 손으로 짠 양말, 식탁보 등등의 조악한 물건들을 펼쳐놓은 것을
보며 난감해하는데, 그런 우리의 차가운 표정에 반비례하듯 아주머니의 태도는
점점 더 열정적이 되었다. 인사치레로 머리에 쓴 수건이 예쁘다 했더니 수건까지
풀어주며 사라고 내밀었다. 이미 우리는 '방문객'이 아닌 '구매자'였다. 결국 양말
한 켤레 사고 벗어날 수 있었다. 어쩐지. 뒤늦게서야 우리와 함께 버스정류장에
내린 백인 아저씨가 생각났다. 그는 자기네 집에 초대하는 현지 아저씨를 거칠고
매정하게 거절했는데, 그때는 이해가 되지 않던 행동의 이면에는 이런 상황이 도
사리고 있었던 것이다. 씁쓸했다. 그것은 그들의 '룰'이었다.

내가 그녀를 다른 경우에 만났더라면 그녀는 내게 더 좋은 인상을 남길 수도 있었
을 것이다. 영어라곤 한마디도 못하지만 잘 웃는 선량한 눈을 가진 아주머니들을
나는 길에서 자주 만났다. 그들은 내 소지품을 신기해하기도 하고 내가 온 나라
를 궁금해하기도 하면서 따뜻한 몸짓과 호의를 보여주었다. 그들과 쉬린제 마을
의 이 아주머니가 결국 근본적으로 다른 사람이었을까?

사실 나의 이러한 실망은 쉬린제 아주머니에게는 부당한 것인지도
모른다. 직접적이건 간접적이건 간에 '관광지'는 '관광객'의 주머니
를 노릴 수밖에 없다. '한류'에 열광하는 외국인들을 염두에 둔
각종 국가적 차원의 관광객 유치 정책들이 그렇고, 관광지에
즐비한 기념품 판매소가 그렇다. 그에 비해 그녀의 호객
은 얼마나 순박한가. 핸드메이드 물건들은 소박하고 그
리 크게 비싼 것도 아니다. 그녀가 우리에게 아무런
대가도 바라지 않고 바닥이 보이지 않는 아름다운
호의로 집에 초대한 것이라고 믿은 건 순전히

나의 문제였을 뿐이었다. 그녀가 이스탄불의 그 수많은 카펫 판매 호객꾼들보다 더 악한가? 그들이 '친구'라며 접근하여 온갖 호의를 베풀다가 결국 카펫 가게로 이끌었을 때, 나는 역시, 라고 코웃음 치며 카펫 한 장 안 산 채 그들에게 이스탄불 시내 안내를 받은 것을 내가 영리해서 이득을 본 양 여기지 않았던가?

하지만 이런 방법으로 그녀를 이해하려고 노력하다 보면 하나의 앙상한 결론에 부딪히게 된다. 내가 현지에서 만나는 모든 이들은 '장사꾼'이라는 결론이다. 그들을 장사꾼이라 이해해버리고 나면 바가지를 씌우지 않은 이상에는 섭섭할 일은 하나도 남지 않겠지만, 친구를 사귈 수 있으리라 기대했던 마음은 어떡해야 하나. 상인과 고객 사이에는 절대 우정이 생기지 않는다고 단정 내리는 건 아니지만 그것이 그리 쉽지는 않을 것이다. 차라리 쉬린제 아주머니에게 여전히 섭섭해하자. 그리고 그녀와 좀 더 많은 이야기를 하며 그녀와 친구가 될 기회를 주지 않았던 짧은 일정을 탓하는 게 낫겠다.

베트남을 여행하며 메콩강 투어 프로그램에 참가했을 때 동행했던 아저씨 한 분은 굉장한 투덜쟁이였다. 그분은 베트남 사람들 전체에 대한 불신과 경멸을 숨기지 않고 계속 떠들어댔다. 사명감을 가지고 저러나 싶을 지경이었다. 그가 만난 베트남 사람들은 한결같이 게으르고 더럽고 교활하고 사람을 속여먹으려 드는 인종들이었다. 쉴 새 없이 떠들던 아저씨가 가끔 멈출 때가 있었는데, 그것은 물건값을 물어볼 때였다. 대나무 젓가락 한 뭉치를 들고 값을 묻던 아저씨는 대뜸 "그럴 줄 알았어. 바가지를 씌우려는 거지"라며 또 시끄럽게 떠들어댔다. 우리는 그 뒤에서 말없이 젓가락의 가격을 치렀다. 얼마나 싼 것을 원하시는지는 알 수 없었지만 우리가 보기엔 나쁘지 않았기 때문에.

그 아저씨가 좋은 친구가 될 베트남인을 만나지 못한 것은 슬픈 일이다. 그 아저씨가 얻은 것은 친구가 아니라 절대적이고 깨지지 않을 경멸의 신념이었다. 몇몇 사람들의 경우를 들어 하나의 민족 전체를 싸잡아 평가하는 편견의 어리석음은 쉽게 지적할 수 있지만, 그렇다고 그에게 친구를 만들어줄 수 있는 것은 아니다. 그의 실망은 내가 쉬린제에서 느꼈던 짧은 일정으로 인한 실망이 아니었다. 그것은 오히려 너무 오래 머물렀기 때문에 생긴 실망이었다. 아마도 더욱 오래, 더더욱 오래 머문다면 비로소 그들의 눈으로 그들을 볼 수 있게 될지도 모르겠다. 그렇게 되면 진정한 친구를 만나게 될지도 모르지. 우리가 이 땅에서 살면서 그러하듯이.

전체 민족을 싸잡아 욕할 만큼 나쁜 사람들만 만난 그 아저씨의 경험을 안타까워하는 것과 마찬가지로, 그런 그릇이 못 되는 사람을 짧은 시간의 경험으로 일생일대의 친구라 믿어버린 사람들에게도 나는 순수한 축하를 건넬 수 없다. 오랫동안 만나온 사람도 쉽사리 '베스트 프렌드'가 되지 못하는데, 짧은 부딪침만으로 깊은 우정을 쌓았다고 생각하는 것은 착각일 가능성이 높다. 아무리 여행지에서의 경험이 짧고 굵다 해도 그렇다. 사람을 사귀는 데 필요한 최소한의 시간이란 건 없겠지만, 사람을 판단하는 데 필요한 최소한의 시간은 확실히 있을 것이다.

그러나 한편 생각해보면 어떠랴, 싶다. 절대적이고 객관적인 판단하
에 좋은 사람 나쁜 사람을 가릴 수 없기는 이곳이나 그곳이나 마찬
가지다. 왼쪽 뺨을 맞댐과 동시에 오른쪽 뺨을 같이 맞댈 수는
없는 법. 그 사람의 모든 면을 온전히 다 알고 감싸 안을 수도
없고, 그럴 필요도 없다. 우정의 순간들은 축복이다. 아무
리 온갖 의심을 해보더라도 그 자체는 좋은 일임에 틀림
없다. 훗날 그에게 실망할 일이 생기더라도 마찬가지
다. 사람임에랴. 사람이니까.

사람을 온전히 안다는 건 힘든 일이다. 이곳에서나 그곳에서나 마찬가지다. 이곳에서 직장동료로, 소개팅 상대로, 친구의 친구로, 인터넷 동호회 회원으로 만난 사람 또한 잘 알기 위해서는 많은 시간과 노력이 필요하다. 그렇게 많은 시간과 노력을 들여도 알 수 있는 것은 나와 함께 있는 그 사람일 뿐이다. 하물며 여행이라는 특수한 상황과 조건 속에서 "에피소드"로 놓여 있는 그 사람과 나의 관계는 또 얼마나 얇디얇을 것인가. 하지만 가느다란 송곳이 가장 깊은 곳까지 들어가듯, 내가 들어간 곳이 가장 깊은 곳이리라 믿는 그 마음도, 그렇다, 사람이 사람을 만나 가질 수 있는 마음이다.

우리는 여행을 떠나 사람을 만난다. 그들의 좋은 면만 볼 수 있다면 좋겠지만, 혹여 나쁜 면을 보더라도 그것이 전부라고 단정 지을 필요는 없다. 우리는 모두 다른 이에게는 낯선 땅과 마찬가지 아닐까. 여행을 만나서 마주치게 되는, 기대와 두려움을 동시에 안겨주는 땅. 나를 괴롭히다가 또 수줍게 감동적인 풍경을 보여주는 땅. 오롯이 아름답기만 하다가 어느 순간 맹수의 발톱을 드러내는 땅. 그러다 포근하게 안아주기도 하는, 땅. 그 위를 떠돌듯, 우리는 사람을 만난다. 여행의 한가운데서.

장거리 이동에
관하여

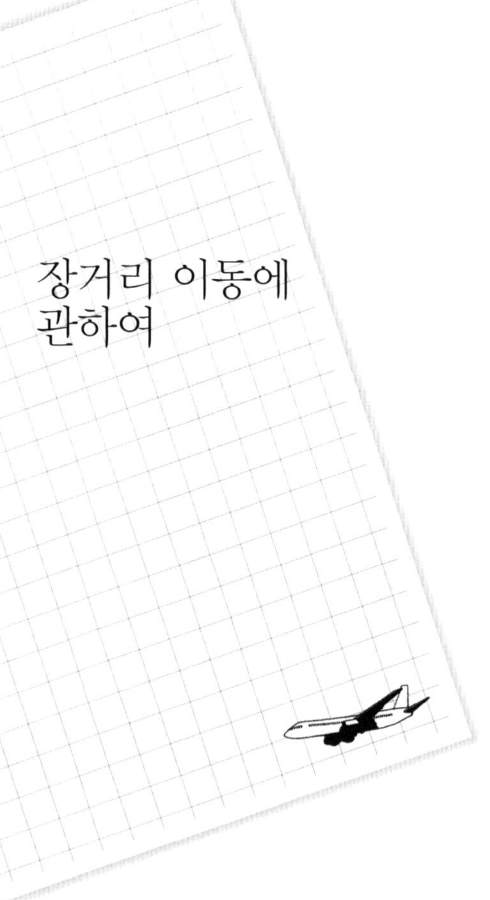

한 도시에 오래 머무는 여행, 좋다. 그 매력은 형언하기 힘들다. 하지만 어쩐지 부족하다. 오래 머물수록 익숙함이 눅진눅진하게 늘어붙기 때문일까? 선명한 원색이던 풍경은 잘 안 닦은 안경을 쓰고 본 것처럼 흐려진다. 깊이 들여다볼수록 신선함은 사라지고, 오래된 공기는 폐에 안 좋다. 그 때문일까?

그랬다. 장거리 이동이 없기 때문이다. 그 도시에 톡, 떨어지고 난 뒤에 움직였던 길들을 떠올려보라. 지하철과 버스를 이용해 삼십 분 안짝으로 갈 수 있는 짧은 길들이었다. 부웅 발사된 요요처럼 짐 끌러놓은 방으로 쉬이 도로 끌려가는 그 동선들은 너무 짧아서 길들을 둥글둥글하게 말아 뭉쳤다 풀어가며 먹는 재미가 없다. 오래 불어 툭툭 끊어지는 면발처럼 끈기도 맛도 없는 길들.

넋 놓고 있는 시간이 없으면 여행의 재미 또한 확연히 줄어든다. 아무 생각도 하지 않고 한 앨범 계속 돌려 듣듯 풍경들을 하염없이 바라보는 시간이 없으면 여행은 일상이 된다. 낯선 도시의 길들이 익숙해지고 오랜 비행을 하고 싶어질 때가 되면 아 이제는 돌아갈 때가 되었구나, 하는 실감이 든다. 이제는 여행을 떠날 때가 되었구나, 하는 느낌과 아주 닮은 그 느낌.

갈 수 있는 데까지 가보자며 기를 쓰고 앞으로 나아가도 언젠가는 돌아와야 할 순간이 온다. 강아지들의 목줄이 제 아무리 죽죽 길어져봤자 주인 손아귀 안이듯. 그럼에도 불구하고 앞으로 내달리는 것은 그 내달리는 과정 자체에 즐거움이 있기 때문일 것이다. 여행이 가지는 즐거움에 '정수'라는 게 있다면 아마도 오랜 이동시간은 그 정수에서 멀지 않은 곳에 있으리.

내 역마살은 초등학교 때 불쑥, 고개를 들었다. 처음에는 타의였지만 나중에는 자의였다. 입학했을 때는 학교가 집 바로 근처에 있었다. 가방을 메고 종종종, 시장통을 지나 횡단보도를 건너면 학교가 있었다. 그런데 2학년에 올라가던 해 학교가 머나먼 동네로 이사를 가버렸다. 전학을 시켜야 할까 설왕설래가 있었지만 결국 스쿨버스 하나 믿고 계속 다니는 것으로 결정되었다. "모교를 만들어주고 싶다"라는 부모의 소박한 마음이었다.

그 후 이곳저곳으로 이사를 다니게 되면서 학교와 나는 점차 멀어졌다. 졸업할 즈음에는 그 거리가 까마득할 지경이었다. 내가 살던 집은 서울대 근처 신림동에 있었고, 학교는 어린이대공원 근처 능동에 있었다. 지하철도 없던 시절이었다. 학교에 가기 위해서는 하염없이 버스를 타야만 했다. 종점에서 종점으로 가고 나서도 또 한 번 갈아타고 더 가야 하는, 이제 됐다 싶을 만큼 지쳐서야 겨우 도착하는 그런 곳에 학교가 있었다.

도심에서는 꽤나 변두리라 할 신림동에서 도심에서 꽤 멀다고 해야 할 능동까지 가느라 나는 늘 도심을 지나쳤다. 명동 롯데백화점 본점은 가끔씩 내가 숨 돌리다 주저앉곤 하는 곳이 되었다. 그렇지만 나는 그곳에서도 어디엔가 진득하니 앉아 있지 못했다. 걸어도 걸어도 더 가야 할 곳이 있는 것처럼, 그 좁다면 좁을 건물 안을 뱅뱅 돌았다. 에스컬레이터를 타고 올라갔다가 또 되짚어 내려오곤 하던 기억.

학교에 가기 싫었다. 통학과 여행 사이. 그토록 먼 거리였음에도 불구하고 학교에 도착해서 그 '짧은 여행'이 허무하게 끝나는 게 싫었다. 그래서였을 것이다. 나는 실패에 감겼다 풀리는 실처럼 길과 복도들을 이리저리 헤매었다. "이제는 우리가 헤어져야 할 시간" 음악을 들으며 등 떠밀려 나오곤 했던 롯데백화점. 나는 신발주머니를 흔들며 어둑어둑한 길을 걸어서 집으로 향하곤 했다.

그렇듯 둥근 어항 속을 맴돌았던 기억 때문일까. 그래서 나는 가능한 한 먼 곳으로 떠나는 여행에 열광하는 것일까. 목적지에 도착하는 것이 다른 삶을 시작하는 것만큼이나 까마득하게 느껴지는 그 거리를 무릎관절이 녹슬도록 웅크리고 간다. 그래야 비로소 아, 나는 여행을 하는구나, 하는 실감이 든다.

물론 움직이는 거리가 짧더라도 느낄 수 있는 재미들은 있다. 꼬불꼬불한 골목길들을 돌아 나올 때, 낯선 지하철의 낯선 표지판을 따라다닐 때, 익숙하지 않은 거리의 간판을 읽으며 버스를 타고 정거장을 셈할 때, 짤막짤막한 길들이 이어지는 대도시에서의 여행도 나는 좋아한다. 빤해 보이는 길의 끝이 끊어질 듯 또 다른 길과 이어질 때의 재미가 있기 때문이다. 다른 이름을 가진 길들이 서로 주둥이와 꼬리를 맞대고 또아리 틀고 있는 도시의 사랑스러움을 어떻게 표현할 수 있으랴.

특히 오래된 도시의 길들은 천천히 자라난 나뭇가지들처럼 제멋대로인 듯하지만 우아한 곡선을 이루며 뻗어 있다. 스페인의 톨레도와 이탈리아의 아시시가 그랬다. 돌이 박혀 있는 포도를 걸으며 나는 그 작은 도시 안에 감추어진 무한한 비밀의 장소라도 찾아가는 양 두근두근했다. 완만한 곡선의 길은 늘 예측 불가의 장소에서 예측 불가의 모퉁이를 만나도록 나를 이끌었다. 효율적인 직선을 거부한 길들은 내가 그 도시를 파악하는 데 좀 더 오랜 시간을 들이기를 요구했다. 더 오래 낯설게 남고 싶다는 듯이. 낯가림하는 아이들처럼.

하지만 짧은 길들이 주는 재미는 장거리 이동이 주는 재미와는 또 다르다. 사실, 단거리 이동이 점점 길어질 때 어느 순간 '산책'은 '여행'으로 양질 전화된다. 걸음마를 배우는 아이가 아장아장 걷다가 문득 달리기 시작할 때와 같은 경이로운 변화가 이루어지는 것이다.

하염없이 앞만 보며 가는 시간들에는 '재미'라는 단어로 표현할 수 없는 여운이 있다. 예를 들면 이럴 때. 비행기에 앉아 웅웅거리는 작은 소리를 몸으로 느끼며, 밑도 끝도 없이 기외 카메라의 화면을 바라보고 있을 때. 내가 굉장한 속도로 움직이는 것은 알고 있지만 기외 카메라가 비추는 땅은 천천히, 아주 천천히 흘러가고 있다. 땅의 속도와 나의 속도의 괴리는 내 안에서 합쳐지면서 텅 빈 공간을 만든다. 누가 생각했는지 몰라도 기외 카메라는 굉장한 발명품이다. 그 카메라의 조악한 화질은 여행하는 나를 비추는 거울이다.

그리고 사실, 여행하는 사람들이 꼭 가지고 가야 하는 것이 바로 '거울' 아니던가.

많은 그녀들이 말하듯이, 나도 여행 중에는 버스를 타고 다니는 순간이 제일 좋다. 다리 밑 어디엔가에 가방을 내려놓고 두 무릎을 접어 가슴 쪽으로 끌어안은 채 덜거덕거리며 가는 길. 어째서인지 장거리 버스의 창밖 풍광은 대부분 황량하다. 여행 다닐 때는 오감을 밖으로 활짝 열어놓아야 한다는 신조 때문에 음악을 들으며 다니지 않지만 장거리 이동일 때는 음악이 필수적이다. 풍경과 음악은 나란히 가다가 어느 순간에 합쳐지고, 둘의 이미지는 하나가 된다. 어디서도 그 음악을 들으면 자동적으로 떠오르는 풍경이 된다. 그리하여, 이미지를 찍어놓은 사진들과 더불어 몇몇 곡은 내 여행앨범에 수록된다.

터키의 지방으로 내려가는 방법으로 많은 사람들은 밤버스를 선택한다. 너무 많은 시간이 걸려 여행일정이 짧아지는 것을 막을 수 있는데다 조금 몸이 고되면 숙박비도 절약할 수 있으리라는 계산에 제법 체력에 자신 있는 사람들이 당연하게 여기는 방법이다. 하지만 그해의 우리는 일행 중에 어르신이 있다는 이유로 낮버스를 선택했다. 아홉 시간, 열 시간씩 무작정 달리는 길이었다. 똑같은 풍경이 단조롭게 펼쳐졌다. 그 막막하고 광활한 풍경을 나는 토리 아모스와 함께 달렸다. 그녀의 목소리가 홀로 길을 내고 있는 듯 느껴졌다. 나와 버스는 누가 냈는지 알 수 없는 한줄기의 길을 따라 끝없이 흘러갔다. 내 머릿속에서 두 개의 길은 하나로 겹쳤다.

맞다. 그것이 즐거운 순간이기만 한 것은 아니다. 여행 선배들은 내게 "한 살이라도 젊을 때 좀 더 먼 곳에 가"라고 충고하곤 한다. 장거리 이동을 견디는 건 체력이 없으면 불가능하니까. 남미에 다녀온 그녀는 내게 비행기 안에서 늙어버리는 것 같았다, 라고 말했다. 그 속수무책의 느낌을 그녀는 그리 표현했다. 지구가 돌아가는 속도만큼이나 인지하기 어려운 '늙어감의 속도'를 몸으로 감지하는 순간. 그것은 단지 다리가 뻐근하다거나 어깨가 결린다는 몸의 통증과는 다른 차원일 것이다.

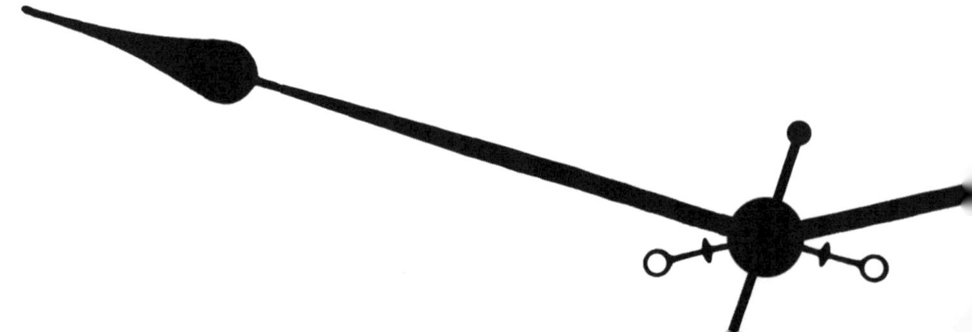

그렇다. 장거리 이동 중에 내가 마주하는 것은 내 안의 거울만은 아니다. '시간'과 통째로, 온전히, 마주하고 있기도 하다. 그 시시와 각각을 바라보는 것. 그 안에서 내 몸이 천천히 고통에 가 닿으며 허물어지는 것을 바라보는 것. 좋기만 한 기억일 수는 없다. 하지만 어쩌랴. 그게 여행의 묘미인 걸. 여행이 아니고서야 그렇게 투명하게 시간과 대면할 순간이 있겠는가. 그런 순간들 없이 어떻게 순간순간 흘러가는 나를 만날 수 있을까.

여행과 일상

여행과 일상은 상상할 수 있는 한 가장 멀리에 있는 듯 느껴진다. 여행은 일상에서의 탈출이고 일상은 여행이 끝나면 돌아갈 고향이니, 이 두 개의 말이 겹칠 공간은 없다. 요이땅 하면 차고 달려나가듯 여행은 시작하고, 결승점 리본 끊듯 극적으로 일상은 시작한다. 우리 사귈래? 하면서 친구가 애인이 되고, 우리 그만 만나, 하면서 애인이 남남이 되듯 그렇게.

하지만 남녀관계가 생각보다 명쾌하지 않듯 여행과 일상의 관계도 명쾌하지만은 않다. "머무는 여행"을 말하는 여행작가 김영주의 책들이 그렇고, 여행을 빙자하여 교토에서의 하루하루를 음미하는 전소연의 《가만히 거닐다》가 그렇다. 그들은 여행에서 일상을 사는 법을 이야기한다. 그것이 더 나아가면, 일상을 여행처럼 누리는 법에 닿을 테다. 그러니 여행과 일상을 무엇을 기준으로 나눌 수 있을 것인가. 한 곳에 오래 머물러본 이라면 여행이 얼마나 쉽게 일상으로 넘어가는가 금방 이해할 수 있을 것이다. 일상이라는 중력은 힘이 세서 여행자들은 발을 떼자마자 곧 바닥을 디딜 수밖에 없다.

그렇다면 여행과 일상의 근본적인 차이는 어디에 있을까? 여행은 일상의 '노동'을 벗어나기 위한 한 방법으로 정의 내릴 수 있을까? 식당에 가서 남이 해준 밥을 먹고 남이 치워주는 숙소에서 남이 빨아놓은 수건으로 닦고 바닥 청소를 무시하고 그 방을 떠날 수 있다는 것. 호텔에서 생활하는 극소수의 사람들이나 집에서도 누군가가 일상적인 모든 일을 해주는 혜택 받는 이들을 빼놓고 생각한다면 이것도 여행의 그럴듯한 정의가 되리라.

하지만 여행 중에도 어쩔 수 없이 일상의 노동을 해야 할 때가 있다. 배낭여행자들이라면 피해갈 수 없는 일들이다. 그들은 일상의 노동을 짊어지고 여행지로 온다. 밤이 되면 손빨래를 해야 하고, 스스로 빨아 말린 수건으로 닦아야한다. 빵이나 라면 따위를 들고 다니며 기회가 닿으면 직접 요리를 해먹어야한다. 일상에서는 싸지도 않던 도시락을 싸야 할지도 모른다. 한 번도 써보지 않은 코인세탁기 앞에 서서 기다려야 할 일도 있을 테고, 더러운 이불시트 대신에 들고 다니던 코트를 덮고 자야 할 일도 가끔은 만나리라.

사실 여행에서 일상을 사는 이들의 '일상성'은 그러한 '일상의 노동'과는 거리가 멀다. 그들이 말하는 일상은 이런 것이다. (바지런히 일어나 새벽부터 돌아다녀야 하는 여행자답지 않게) 늦잠 자고, (얼른 준비를 끝마치고 다음 행선지로 옮겨야하는 여행자답지 않게) 오래오래 샤워하고, (그곳의 온갖 산해진미를 맛보기 바쁜여행자답지 않게) 하고 싶은 요리를 천천히 해먹고. 생활은 낯선 곳에서 느리게반복된다.

하지만 그것이야말로 비일상인 것 아닐까. 여행지에서의 일상은 바로 이곳에서의 일상이 꾸는 꿈이다. 아침에 채 떠지지 않는 눈을 부릅뜨고 일어나, 복작이는 이들 틈에 끼어 출근하고, 배를 채우기 위해 회사 근처의 식당에서 늘 먹던 메뉴를 주문하고, 야근을 하거나 회식을 하며 늘 보는 얼굴을 지겨워하고, 파김치가 되어 집에 돌아와 세탁한 지 오래된 눅눅한 이불 속에 몸을 구겨 넣는 일상이 꿈꾸는 일상이다. 바로 이곳에서 느리게 천천히 음미하며 하루하루를 보낼 수 있다면 여행을 꿈꾸는 시간도 드물어질 테다. '일상에서의 탈출'에서 탈출하고 싶은 일상이란 그런 것 아니겠는가. 아동바동, 버둥버둥, 좌불안석, 애달복달하는 생활. 낡은 나사처럼 쉬임없이 조여지지만 또 할 수 없이 겉도는 그런 생활.

여행은 일상에서 떠나 내 일상을 돌아보는 것이다. 내가 살아왔던 방식과 다르게 살아보는 행위이다. 빨래를 하느냐 마느냐, 요리를 하느냐 마느냐는 그러므로 중요하지 않다. 일상에서 하지 못했던 것을 하고 싶은 방식으로 하는 것. 그러므로 여행에서의 일상은 내가 꿈꾸던 일상을 일상의 형태로 살아보는 것일 테다. 그렇게 생각하면, 굳이 멀리 떠날 이유가 있겠는가. 하루에도 몇 번씩 일상과 여행을 오가며 살 수도 있으리.

일상에서 여행을 만끽할 수 있다면 여행에서 일상의 꿈을 재현하는 것보다는 훨씬 저렴한 비용으로 많은 효과를 볼 수 있겠지만, 당연히 쉽지는 않다. 많은 사람들이 DSLR 카메라를 들고 예쁘다고 소문난 카페를 찾아가 차 한 잔을 시켜놓고 평소와는 다르게 흘러가는 시간의 속도를 만끽하며 "데이트립 Day-trip"이라 명명하기도 하지만, 이 또한 자주 반복되면 일상의 하나로 편입된다.

쉬이 익숙해지기 때문이다. 일상이 꾸는 일상의 꿈을 재현하는 데 있어 가장 필요한 것은 "낯설음"이다. 낯설어야 다시 볼 수 있고, 낯설어야 보이지 않던 것을 볼 수 있다. 이벤트는 일상을 잠깐 낯설게 보여주지만 한계는 분명하다. 우리의 뇌는 금방 그 낯섦을 낯익음으로 바꾼다. 먼지처럼 날아올랐던 권태가 다시 우리의 생활을 뽀얗게 덮는다. 이곳을 낯설게 하는 힘, 그리하여 낯선 곳에서의 나를 다시 돌아보게 하는 힘은 어디에서 오는 것일까?

오래 같이 살던 고양이가 죽었을 때, 나는 그 사실 자체를 받아들이기가 힘들었다. 지나치게 큰 슬픔이 만드는 낯선 풍경을 나는 멍하니 쳐다보았다. 그 어느 하루에, 나는 트위터에 이렇게 썼다. "요도크 없는 우리는 의지 가지 없는 고아 자매처럼 여기저기를 떠돌아다닌다." 당시 나와 슬픔을 공유하던 내 친구는 여행을 다녀올까, 라고 내게 제안했다. 그러나 나는 여행을 떠날 필요를 느끼지 못했다. 이곳이 이토록 낯선데 또 어느 낯선 땅으로 간단 말인가. 슬픔이 따라오지 못하는 곳은 없다. 나는 그때, 일상이 여행이 된다는 것이 어떤 것인지 깊이 이해했다.

큰 감정들은 이곳을 낯설게 만든다. 깊이 빠져본 사람들은 누구나 인정하듯이, 사랑에 빠지면 그렇다. 기쁨이 충만하면 그렇다. 헤아릴 수 없이 큰 슬픔도 마찬가지다. 맥주의 거품 걷어내듯 습관이라는 막을 걷어내고 나면 우리는 말갛고 낯선 얼굴을 발견하게 된다. 먼 곳에서 온 여행자들이 우리에게 익숙한 이 땅에서 발견하리라 기대하는 바로 그 얼굴일 것이다. 일상을 다시 보는 여행자의 시선이 불가능한 것은 아니리라.

내 안에서 거대하게 넘실거리는

감정에 폭 빠져서

일상을 여행한다면.

슬픔을 권할 수는 없으니,

굳이 고르라면,

나는 '사랑'을

권하고 싶다.

관능적이 되어
돌아오라

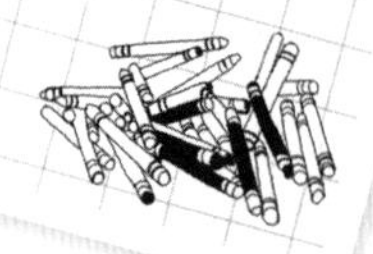

"관능"이라는 말을 성적인 의미에서만 사용하는 게 아니라고 한다면, 사실 여행만큼 관능적인 것도 그다지 많지 않은 듯싶다. 관능의 사전적 의미의 첫 번째는 "생물이 살아가는 데 필요한 모든 기관의 기능"이다. 호흡과 시력 따위를 모두 포함해서. 어떤 것이든 몸을 써서 하는 일이지만, 여행은 말 그대로 몸을 '던지는' 것 아니던가. 여행을 하는 동안 오감은 세상을 향해 활짝 열리고 최선을 다해 예민해진다. 여행하는 과정에서 나를 건드리는 모든 것들은 모든 감각기관을 통해 흡수된다. 내 몸의 존재를 그토록 예민하게 느낄 수 있는 순간이 얼마나 될까. 내 몸은 내게 짐짝이고, 렌즈이고, 보물이고, 그릇이다.

관능의 또 다른 의미이자 가장 많이 쓰이는 의미는 "육체적 쾌감, 특히 성적인 감각을 자극하는 작용"이다. 우리가 다른 이를 '관능적'이라 할 때, 그 말은 '섹시하다'는 표현의 다른 말이 된다. 감각이 예민해지는 것은 궁극적으로 성적인 쾌락에 가 닿는 것일까. 여행을 떠나서 오히려 자신의 몸의 매력에 눈뜨게 된 이들이 있다. 그들은 꽃처럼 만개하는 자신의 감각을 역추적하여 자신의 몸 안에서 그 뿌리를 발견한다. 그들은 '관능적'이 되어 돌아온다.

그렇기 때문에 종종, 낯선 여행지는 하룻밤 사랑의 고향이 되기도 한다. 일상에서는 만나기 힘든 사람들을 잔뜩 만나고 잠시 일상 속의 나를 잊는다. 내가 너무 들떴어. 이전에는 그런 사람을 만난 적이 없었어. 나를 모를 테니까. 낭만적이잖아. 여러 가지 이유들이 떠올랐다 가라앉는다. 하룻밤 풋사랑이 연애가 되기도 하고, 연애가 결혼이 되기도 하지만, 그 순간만큼은 미래에 대한 계획은 없다. 미래, 계획, 준비, 이런 것들은 일상의 자리에 얌전히 개켜놓고 오지 않았던가. 여행에 더 어울리는 말은 충동, 감탄, 모험, 이런 것들 아니던가.

정호현 감독의 〈쿠바의 연인〉은 쿠바와 한국의 모습을 보여주는 다큐멘터리인 동시에 감독의 개인적인 연애담을 털어놓는 자리이기도 하다. 그들은 신나는 쿠바의 모습을 촬영하던 도중 우연히 만난다. 연애는 불붙듯 시작된다. 그 연애의 시작을 다룬 방식이 재미있다. 어두운 밤, 방에서 단둘이 술을 마신다. 그들이 앉은 의자 뒤 창밖으로 쿠바의 야경이 보인다. 필름은 빠른 속도로 돈다. 그들의 대화는 들리지 않는다. 흰색의 미니멀한 애니메이션이 그들 위에 명멸한다. 여자에게 하트가 뜬다. 남자에게 자물쇠가 뜬다. 여자의 하트가 깨진다. 잠시 후, 여자에게 열쇠가 뜬다. 아, 남자의 마음이 열리는구나. 남자, 바지와 셔츠를 벗는다. 여자, 팬티와 브래지어를 벗는다. 여자, 남자에게 콘돔이 있는가 묻는다. 남자에게 물음표가 뜬다. 결국 그들은 키스를 한다. 짠짠. 사랑의 시작.

사실 더 유명한 '원나잇스탠드'로는 〈비포 선라이즈〉가 있다. 제시와 셀린느의 하루 이야기는 수많은 사람들의 말 그대로 "하룻밤 꿈"이 되었다. 원나잇스탠드에 부정적이었던 사람이라도 상대가 에단 호크라면 마음을 조금쯤 누그러뜨렸으리라. 구 년 후 다시 만난 그들은 서로 '어디까지 갔는지'로 티격태격하기는 하지만, 그들의 하룻밤 사랑은 그 자체로 완벽하다.

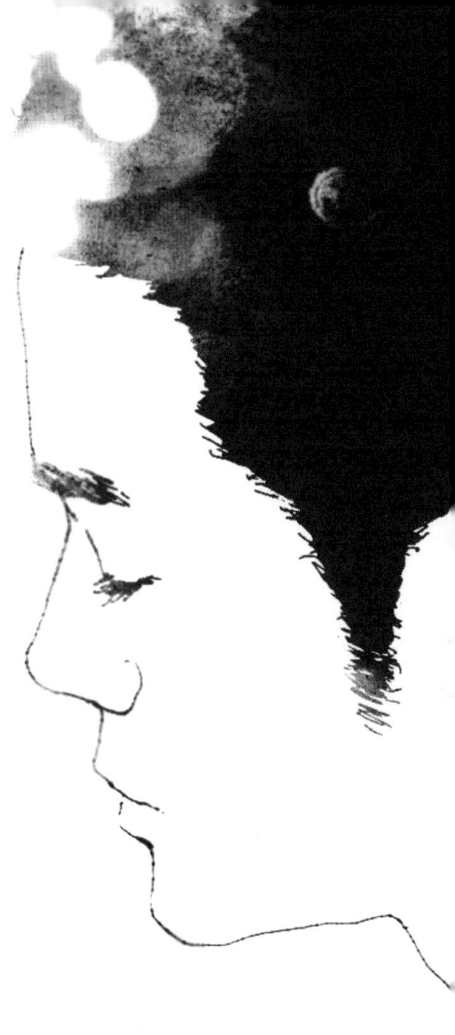

정호현은 쿠바의 남자와 결혼하고, 제시와 셀린느는 서로를 오랫동안 좋은 추억으로 간직한다. 원나잇스탠드의 '좋은 모습'은 그렇다. 하지만 그만큼 위험이 많은 것도 사실이다. 그 남자가 연쇄살인마였다면? 원치 않는 임신이 된다면? 내 돈을 털어간다면? 병이라도 옮는다면? 하룻밤 사랑의 대가가 너무 크다는 생각이 든다면 둘 중의 하나가 필요하지 않을까. 정조대, 혹은 콘돔.

모험을 통해 어떤 이들은 신대륙을 발견한 후 땅 위에 제 이름을 길이길이 남기고, 어떤 이들은 풍차를 향해 덤벼들었다며 두고두고 웃음거리가 된다. 모험을 좋아하는 이들이라도 모든 것이 그녀들처럼 쉽게 풀리지만은 않으리라는 것을 염두에 두어야 하리. 피해도 후회도 어느 누구도 책임져주지 않는다. 하지만 여행을 할 때는, 조금쯤 더 열려도 괜찮지 않을까? 여행이니까. 내 몸이 세상을 향해 쭉, 기지개 켜는 순간이니까.

자신의 관능성을 발견한다는 것이 반드시 낯선 남자와의 하룻밤을 필요로 하는 것은 아니다. 《지친 영혼을 위한 달콤한 여행테라피》에서 저자 질리안 로빈슨에게 편지를 보낸 오십대의 소설가 멜리사는 말한다. "그래요, 전 이제 걸을 때도 다르게 걷게 되었어요. 몸이 스스로를 향해 열리면서 그동안 무의식적으로 자기도 모르게 구부정해지던 자세가 펴지면서 이제 더 이상 가슴을 움츠리지 않고 내 여성성의 본능적이고 생물학적인 명령대로 어깨를 활짝 펴고 엉덩이를 살랑살랑 흔들며 걸어요."

그 뒤에 그녀는 곧바로,
이제 섹스에는 관심이 없어졌다고 말한다.
그녀에게 중요한 것은
나이와 상관없이 모든 여자들이 가지고 있는
고유한 아름다움이다.
안에서 흘러나오는 아름다움.
충만하고, 찬란하고, 그 무엇과도 비교할 수 없는
넘치는 여성성과 생명력.
그녀는 생명력 넘치는 아름다움을
어떻게 되찾을 수 있었던 것일까.
그곳이
"에로스가 곧 온전히 살아 있음을 뜻하는 이곳"
피렌체였기 때문이었을까.

멀리 떠나서야 내 몸의 관능성을 발견하게 되는 건 왜일까.
한편으로는 아쉬운 일이지만,
또 한편으로는 그렇기 때문에 여행을 떠나는 것이겠지, 싶다.
이곳의 정체된 공기, 이곳의 짜여진 생활,
이곳의 각 잡힌 관계가 올올이 풀려난 곳에서
자신의 온전한 모습을 발견하지 못한다면
이곳을 떠날 이유가 없을 테니까.
그리하여,
툭하면 이곳이 아닌 곳으로 뛰쳐나가고 싶어했던 나는
나의 관능성을 발견하고 돌아왔을까?
절레절레.
더러워진 빨랫감으로 가득 찬 가방을 뒤적여도
씨알만큼의 관능성도 찾지 못하겠다.
다음번 여행에서 돌아왔을 때는
좀 더 아름다워져 있어도, 좋겠다.

떠날 때까지
살아 있자

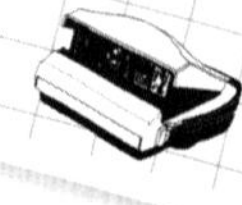

여행을 결심하게 되는 순간은 늘 신비롭다. 아니 일상적이다. 아니 돌이켜 생각하면 신비롭다. 일상적이어서 더 신비롭다. 어느 날 뜨개질 도중 톡 하고 튕겨나간 코가 줄줄 풀려나가듯이 그렇게 일상적인 순간에 톡 하고 균열이 생긴다. 예를 들어 잡지를 한 페이지 넘기는 찰나와 같은 순간.

오르세 미술관 꼭대기 층에 있는 카페 사진은 지금도 기억에 선명하다. 그 사진을 본 순간, 그곳에 가야겠다고 생각했다. 시계의 그림자가 테이블 위로 길게 늘어져서 달리의 그림 같은 풍경을 만들고 있었다. 그곳에 앉아 있는 내가 보였다, 라고 말한다면, 여행을 다녀온 내가 그날의 풍경을 너무 신비화하는 것이겠지.

하지만 돌이켜 생각해보면, 그날은 참으로 완벽한 날이었다. 마침 그 시간에, 마침 내 옆에는 동료가 있었고, 내가 "나 여기 가야겠어"라고 말했을 때 그는 "그러자. 언제 갈까?"라고 물었다. 저녁으로 김치찌개를 먹자, 라고 했을 때 나올법한 심상한 대답이었지만, 그 대답에서 시작해 그해가 가기 전에 떠날 여행의 계획이 세워졌다. 그 이후도 오랫동안 여행 동료가 되었던 친구와 처음으로 계획한 여행이었다. 그 시작은 커피 한 잔, 정확히 말하면 커피 한 잔을 찍은 한 장의 사진이었다.

사진은 많다. 우리는 하루에도 몇 번씩이나 외국을 찍은 사진들을 만난다. 그
것은 카페의 커피 한 잔일 수도 있고, 버버리 자락을 날리며 걸어가는 여자일
수도 있고, 개와 함께 음악을 연주하는 거리의 악사일 수도 있다. 광고들은
또 어떤가. 체코의 그 거리, 뉴욕의 그 길을 흔연히 오가며 사람들은 이국의
냄새를 바로 이곳에 실어온다. 하지만 그렇다고 해서 그 사진을 본 모두가 여
행을 떠나지는 않는다. 그런데 어째서 한 장의 사진이 내 명치를 쿡, 하고 찔
렀을까. 그 잡지를 들여다보았을 백만 명 중의 한 명일 뿐인데. 마치 내 명치
를 찌르기 위해 포토그래퍼와 진행 기자와 현지 코디네이터가 합심한 것처럼.

처음 터키에 가기로 한 날도 그렇다. 참으로 완벽했다. 낯선 사람들이 듬성듬
성 섞여 있는 술자리였다. 인터넷 동호회에서 만난 사람들이었고 앞으로 안
보게 될 사람들도 많았다. 그때 마침 내가 앉은 테이블 맞은편의 그녀가 터키
에 간다고 말했다. 나도 가고 싶다고 했다. 그러자 그녀가 말했다. "백만 원만
들고 오세요."

빈말, 농담, 입에 발린 말, 한번 해보는 말. 그런 것들도 여행을 떠나는 이유가 된다. 그 모든 이유들이 너무 사소해서 모든 일이 벌어진 뒤에는 믿어지지 않을 정도다. 직접 가서 앉아보았던 오르세 미술관의 카페는 조금 실망스러웠지만, 그 밑의 층들을 채우고 있는 작품들은 감동 그 자체였다. 터키 여행 경비는 백만 원에서 넘쳤지만 여행 떠났던 것을 후회하게 할 만큼은 절대 아니었다.

아쉬운 것은 그런 순간들이 막상 떠나는 여행보다 조금 더 많다는 것이겠다. 떠나야지, 라고 결심했다가 떠나지 못했던 기억들은 마음에 맺힌다. 언젠가는 가겠지만, 가야 할 곳에 못 간 박탈감은 말로 형언하기 힘들다. 당연한 것을 하지 못한 그 느낌. 줬다 뺏긴 느낌. 이미 내 것인 것을 받지 못한 억울한 느낌.

단골 술집 벽에는 티베트의 사진들이 잔뜩 붙어 있었다. 독립영화 피디이기도 한 술집 주인은 티베트에서 돌아온 지 얼마 안 되었다 했다. 그는 술집 벽에 붙이고 남은 사진들을 담은 앨범을 맥주병을 사이에 둔 바 이쪽 편으로 건네줬다. 일본여행을 막 계획하고 있던 즈음이었다.

그중 한 장의 사진을 보았을 때, 내 머리보다 내 손에 먼저 반응이 왔다. 사진을 쥔 손에서부터 정체 모를 통증이 팔 쪽으로 번져 올라오기 시작했다. 빠르게 손목에서 팔꿈치로, 어깨에서 목으로 기어 올라오던 통증은 머리를 거쳐 눈에 이르자 갑자기 닭똥 같은 굵은 눈물로 툭툭 떨어졌다.

사진은 단순했다. 푸른 하늘을 배경으로, 낡았지만 선명한 색상의 룽따(깃발)들이 나부끼는 사진이었다. 그곳이 어디인지도 알 수 없었지만, 나는 그곳에 가야겠다고 생각했다. 물어보니 그곳은 풍장터였다. 나는 가는 게 당연했다. 일본여행 준비는 갑자기 빛을 바랬다. 느닷없이 울음을 터트리는 나를 보고 술집 주인은 말렸지만, 일본에나 가라 했지만, 벌써 이런 반응이라니 티베트는 너에게 과분하다 했지만, 그래도 나는 티베트에 가야 했다. 내 몸의 모든 시계들은 그 순간 짤깍, 하고 티베트에 맞춰졌다.

마침 빽빽하게 쌓여 있던 일정도 이리저리 약속이 변경되더니 기적처럼 일주일이 비었다. 마침 그때, 내가 아는 분의 아는 분이 티베트여행 갈 여행단을 모집하고 있다 하였다. 그들은 프로라서 그들을 따라다니면 백만 원 선에서도 여행이 가능하리라 했다. 준비된 것처럼 준비된 사람들이 나섰다.

하지만 결국 여행은 떠나지 못했다. 기적처럼 빈 일주일은 합류하려 했던 티베트 여행단의 여행 일정과 기적적으로 어긋났고, 티베트 여행단 모집은 내가 마음먹기 하루 전에 마감됐으며, 결정적으로 여행 경비가 백만 원 선이 아니라 구백만 원 선이었다. 혼자 여행하면 삼천만 원은 각오해야 한다는 티베트 여행을 생각하면 비싼 경비는 아니었지만, 그때 내가 만들 수 있는 액수는 아니었다. 착착 맞아든다 생각했던 톱니바퀴는 미묘한 틈 때문에 제각각 튕겨나갔다.

티베트는 아직 가지 못했다. 하지만 '아직'이라고 나는 생각한다. 평균 수명은 점점 늘고 있지 않은가. 우리는 떠날 수 있는 수많은 기회들을 갖고 있다. 지구에서 가장 가까운 거리까지 접근했다가 아쉽게 멀어지는 혜성도 언젠가는 다시 돌아온다. 나는 그때까지만 살아 있으면 된다. 그때에도 걸을 수만 있으면 된다. 미묘하게 어긋나던 시계가 짤깍, 하고 다시 맞는 순간. 그날 나는 티베트로 떠날 수 있을 것이다.

떠나지 말아야 할 이유는 떠날 이유보다 많다. 늘 그렇다. 어느 누구도 그 이유를 '핑계'라고 말할 수 없다. 수중에 당장 돈이 없어서. 책임지고 해야 할 일이 산적해서. 고양이가 아파서. 돌봐야 할 가족이 있어서. "그럼에도 불구하고 떠나라"라는 말은 물정 모르는 소리다. 여행 좋다는 걸 누가 모르나. 그토록 좋은 여행을 하지 못하는 심정은 오죽하랴. 나도 마찬가지다. 마음 깊이 티베트를 묻어두고 내가 그 땅을 좀 더 잘 받아들일 수 있도록 준비시키는 기간이겠거니 마음 다독이지만, 한편으로는 이렇게 게으름 피우다 영영 가지 못하는 게 아닐까, 절박해 보이는 모든 이유들을 무리하게 깨서라도 떠나야 하는 게 아닐까, 조급해지기도 한다. 만나야 할 운명이면 만나겠거니, 모든 것이 물 흐르듯 가겠거니 하다가도, 당장 떠나지 못하는 현실의 벽이 너무 높게 느껴질 때는 비련의 사랑이라도 하는 양 의기소침해지기도 한다.

하지만 그럼에도 불구하고 떠난다면, 그것은 전부가 된다. 떠나지 말아야 할 이유들은 사소해지거나 없어지게 마련이다. 그러므로, 여행은 힘이 세다. 여행에서 돌아와, 떠나기로 마음먹은 이후에 진행된 그 모든 일들을 신비롭게 돌이켜보다 보면 깨닫게 되는 것은, 그 완벽해 보이는 모든 일들을 내가 했다는 것이다. 내가 하지 않은 것은 아무 것도 없다. 떠나려는 마음이 만든 기적이다.

여행은 힘이 세다.

그리고 그 힘센 여행의 고삐를 잡고 있는 나 또한 힘이 세다.

그 힘이 나오는 근원은

'살아 있다'는 것이다.

그러므로 살아 있자. 떠날 때까지.

떠나서, 내가 살아 있다는 것이 스스로 고마울 때까지.

세 번째 장

여행은 온전한 자기로 나가서 온전한 세계와 만나는
과정이다. 그런 의미에서, 까탈스러운 자신을
인정하고 까탈스러운 채로 집을 나서는 것도 괜찮다.
까칠까칠하게 세상과 몸 부대끼며 사포질하고
스스로의 까탈스러움을 통해 세상을 보는 것.
사실 그것은 행운일 수도 있지 않을까? 뒤집어보면,
까다로움도 감각의 하나이니까. 세상을 향해 열려
있는 예민한 감각은 여행에 있어 축복과도 같은 것이
아니던가.

엄마의 여행,
아빠의 여행

맨해튼 한복판에 서서 생각했다. 처음 뉴욕에서 개인전을 하던 그때의 엄마와 지금의 내가 같은 나이라는 것을. 나와 동갑이었던 엄마는 첫 해외여행으로 뉴욕을 선택했다. 아니, 선택당했다. 뉴욕에 있던 한 갤러리의 초대로 개인전을 하고 돌아온 엄마는 아무 데서나 함부로 쏟아지는 보석상자 같았다. 명민한 기억력으로 시시콜콜한 에피소드들을 반짝반짝 뱉어냈다. 엄마가 뉴욕에서 돌아온 뒤로 바뀌었던 아침식사의 식단인 반으로 자른 자몽과 오트밀처럼 강렬하고 선명한 색깔과 맛의 이야기들이었다. 그때의 엄마가 지금의 내 나이였다니! 감회가 새로웠다.

지금 와 몇 개의 에피소드밖에 생각나지 않는 것은 엄마의 기억력 문제가 아니라 내 기억력 문제다. 양말짝처럼 전깃줄에 주렁주렁 달려 있던 신호등, 구겐하임 미술관의 둥글둥글 돌아가는 층계와, 그 한구석에 서서 춤추고 싶어 어쩔 줄 모르며 벽에 붙어 서서 움찔거리던 흑인. 그곳의 길들, 그곳의 사람들. 엄마의 이야기는 반복되어도 낡을 줄 몰랐다. 내게 뉴욕은 오래전부터 캐리의 뉴욕이 아니라 동양의 한 여자 화가의 뉴욕이었다.

그렇지만 내가 그곳에 설 날은 오지 않을 것이라고 생각했다. 변변한 직장도, 재산도, 배우자도 없는데다 쓸데없이 젊은 여자인 내가 미국 비자를 받을 가능성은 거의 없었으니까. 뉴욕 말고도 갈 데는 많지, 라고 위안하였으나 갈 수 없는 땅을 생각하면 속이 쓰렸다. 하지만 어느 날 비자가 완화되었고 그리하여 나도 뉴욕의 길을 걸어볼 날이 왔다. 그리고 공교롭게도 그때 내 나이는 뉴욕에 첫발을 디뎠던 엄마의 나이와 같았던 것이다.

마흔에 물꼬를 튼 이래 여행에 매혹되어 기회가 닿을 때마다 자주 떠났던 엄마는 여행 이야기의 달인이기도 했다. 세계 곳곳에서는 온갖 흥미진진한 일들이 일어나고 있었다. 어떨 때는 단편소설처럼 길게, 어떨 때는 짧은 화두와 같은 문장으로 엄마는 여행 후기를 마무리하곤 했다. "몸은 지옥에 있었는데, 눈은 천국에 있었어." 중국을 여행하고 돌아온 엄마의 이 한마디는 내게 중국의 확고한 이미지로 남았다.

박상준의 《엄마, 우리 여행 가자》를 읽으면서 도무지 그의 엄마와 내 엄마를 겹쳐볼 수 없었던 것은 그 탓이다. 아이들과 가족을 위해 희생하고 자기를 위해서 여행할 염은 도무지 내지 못하는 보통의 어머니들과 달리 우리 엄마는 슥슥, 잘도 걸어나갔다 돌아오곤 했다. 몇 명이 같이 가건 자신의 사진으로 가득 찬 풍경사진을 안고 돌아왔다. 어느 사진기 앞이든 악착같이 얼굴을 들이미는 엄마에게 누군가 농담 섞인 핀잔을 주었더랬나보다. "내 딸이 그림 그릴 자료로 풍경사진이 필요한데, 그냥 밋밋한 사진보다는 엄마 얼굴이 들어 있는 사진이 더 친숙하고 좋을 것 아냐?"라고 엄마는 변명이기도, 자랑이기도 한 말을 하며 자신의 얼굴이 잘 나온 사진을 몇 장씩 더 인화해서 딸들에게 안겨주었다. 내 사진첩에 내 여행사진보다 엄마 여행사진이 더 많은 것은 그런 까닭이다.

그에 비해 아버지는 별말을 안 하셨다. 평생 해외에는 한 번도 나가지 않았던 분. 하지만 나름대로 국내는 이곳저곳 다니셨던 것으로 알고 있다. 그렇지만 어디가 어떻다 소리를 한 번도 들어본 적이 없었다. 감탄도, 흥미진진한 에피소드도, 감흥의 토로도 없었다. 아버지는 그런 이야기를 나누는 친구들이 따로 있었던 것일까? 과묵한 분도 아니었건만 딸인 나와는 여행 이야기를 나누려 하지 않으셨다.

오랜 세월이 지나 이제는 딸보다 친구에 더 가까워진 내게 딱 한 번, 아버지는 여행 이야기를 해준 적이 있다. 그곳은 섬이었는데 어디 있는 어떤 이름의 섬 인지도 얘기해주지 않으셨다. 아버지는 혼자 그곳에 갔다 하셨다. 이런저런 관계가 복잡하여 머릿속도 복잡할 때였다. 머리 식히러 간 여행, 어차피 주변 의 풍광이 눈에 들어올 리 없었겠지만 아버지의 이야기 속에 풍경은 싹 사라 지고 없었다. 아버지는 천천히 남의 일처럼 말했다.

"아침에 일어나 산책하다 보니 식당이 하나 있더라. 아홉시쯤이었나? 문을 아 직 안 연 거야. 두드렸더니 여자가 부스스 일어나서 아침밥을 차려주는데, 내 가 밥 먹는 동안 안쪽에 있는 방 문지방에 앉아 있더라고. 방에는 애들이 자고 있었고. 혼자 먹기 뭐해서 한 그릇 더 가져오시라고, 내가 밥값 내겠다고 같 이 먹자고 했더니 그럴 수는 없다고 하더라. 거기 앉은 채로 얘기를 좀 나눴 지. 남편이 택시기사인데 사고를 내서 지금 감옥에 있다는 거야. 그런데, 그 런 생각이 들더라. 이 여자랑 도망가서 같이 살면 어떨까, 하고."

나는 아마 깔깔 웃으면서 아빠, 그런 건 딸한테 할 얘기가 아니지, 라고 했을 것이다. 하지만 내심으로는 섬뜩했다. 그때 아버지가 낯모르는 그 여자와 도 망가서 살았더라면 내 인생은 어떻게 되었을까. 아버지를 중심으로 줄줄이 엮 인 인간관계들은, '가족'이라는 이름의 사람들은 다 어떻게 되는 것일까. 그렇 게, 남의 인생이 달린 얘기를 아무렇지도 않게 하셨더랬다. 그것은 이미 여행 이야기만은 아니었다.

내가 뉴욕을 가게 되었노라 말씀드렸을 때 엄마는 엄마가 알고 있는 이런 저런 정보를 챙겨주셨다. 주로 한인촌에 관련된 정보들이었다. 아니면 엄마가 알고 있는 사람들의 연락처. 그리고 말씀하셨다. 혹시 무슨 일 있으면 무조건 한인교회를 찾아가. 거기 가면 사람들이 다 해결해줄 거야. 그 말을 들으면서 이상하게도, 여행가로서의 엄마에 대한 인상이 조금쯤 시들해졌다. 한인촌에서 아는 사람들의 집에 묵으며 다니는 여행이 여행이 아니라고 할 수는 없다. 그렇지만 엄마의 '안전한' 여행과 아빠의 '위험한' 여행이 머릿속에서 비교되는 건 어쩔 수 없었다.

집에서 멀리 갈수록 더 위험해지는 것은 아니다. 여행을 가서 무엇을 보고 어떤 것을 만나느냐는 건, 역시 온전하게 개인의 몫일 수밖에 없으니. 여행이 위험해야 한다거나 안전해야 한다거나 하는 원칙이 있는 것도 아니다. 안전한 지인들 틈에 몸을 두고 두 눈 크게 뜨고 잠망경처럼 풍경을 받아들이는 여행법도 나름 의미 있을 테고, 집을 떠나면 필연적으로 만날 수밖에 없는 위험과 유혹에 온전히 노출되는 것도 흥미진진한 경험일 테니. 하지만 그 두 분에게서 거리를 적절히 유지하기 어려운 딸인 나로서는, 자꾸 그들의 여행을 여자로서의 여행과 남자로서의 여행으로 나눠보게 된다. 그들의 몸에서 나온 내 여행법은 어느 쪽에 가까운 것일까. 두 분이 함께 여행하는 것은 상상하기 어렵지만, 어쩌면 나의 여행 자체가 두 분이 함께 여행하는 형국일 수도 있겠다.

위험에 대처하는
우리의 자세

빌바오에 도착했을 때 우리는 지쳐 있었지만 침대에 바로 머리를 묻을 생각은 없었다. 작고 오래된 도시의 작고 오래된 숙소. 짐을 풀자마자 동네 구경을 하러 나선다. 대낮도 아니고 저녁도 아닌 어중간한 시간이었다. 아직 셔터를 올리지 않은 가게들이 어깨를 겯고 있는 골목을 지나, 그래피티가 어설픈 역을 지나, 개천가를 걸으며 우리는 히히덕거렸다. 낯선 도시에 처음 도착했을 때는 늘 어느 정도는 불안하지만, 숙소에 가방을 내려놓고 나면 돌아갈 '집'이 생겨서인지 마음이 놓이곤 한다. 어디건, 안에서 잠글 수 있는 문을 갖게 되면 그곳은 내 '구역'이 된다. 구역권 순찰에 나선 동네 고양이처럼 느긋한 마음이 되어 발길이 닿는 대로 돌아다녔다. 적당히 저녁을 먹을 식당도 찾아볼 요량이었다.

그런데 분위기가 이상하다. 집들이 낡아 보인다 싶더니 곳곳에 바스크족의 독립을 과격하게 외치는, 손글씨로 쓴 붉은 플래카드가 늘어뜨려져 있다. 창 안쪽에서 흘끗 내다보는 눈길에서 적의가 느껴진다. 그리고 보니 우리 같은 여행객은 보이지 않는다. 험상궂은 남자들이 어슬렁거리며 이쪽을 보고 있다. 갑자기 등골이 오싹하면서 머리카락이 쭈뼛 섰다. 잘못 들어섰구나, 싶지만 바로 팩 돌아서면 안 될 듯해 아무렇지도 않은 듯 재빨리 눈으로 길을 찾았다. 서두른대 봤자 벌벌 떨리는 다리가 맘대로 움직이지도 않겠지만 짐짓 여유로운 척하는 태도를 유지하기가 쉽지 않았다.

돌아나오면서 한시름 놓으려는데, 왠지 이상한 분위기가 느껴져 뒤를 슬쩍 보니 몇 명의 남자들이 어슬렁거리며 쫓아오고 있다. 정말 쫓아오는 건가? 그런데 왜? 나도 모르게 발걸음이 빨라지니 그들의 발걸음도 빨라진다. 몇몇 가게들을 들여다보는 척하면서 눈치를 보니 확실히 쫓아오는 게 분명했다. 앗, 나는 바스크족의 독립에 대해서 별 할 말이 없는데. 보태줄 독립자금도 없는 가난한 여행자들인데. 우리는 가게에 들어가 구경하는 척하다가 후다닥 번화가 쪽으로 내뺐다. 그들도 더 이상 쫓아오지는 않는 눈치였다. 다행히도, 천만다행히도. 내 친구와 나는 가슴을 쓸어내렸다. 그랬다. 그 도시는 내 '구역권'이 아니었다.

사실 나는 위험한 여행과는 거리가 먼 여행을 해왔다. 오지보다는 도시 중심이었고, 모험보다는 향유 중심이었다. 더구나 혼자서 여행하지 못하는 겁쟁이인지라 동행인의 그늘에 찰싹 붙어 있기 일쑤였다. 목줄을 채운 것도 아니건만 동행의 반경 3미터 밖을 벗어나지 않았다. 그럼에도 불구하고, 가끔 위험한 상황에 처할 때가 있다. 아무리 내가 조심한다고 하더라도 낯선 땅에서 벌어지는 낯선 상황 전부를 통제할 수 있는 건 아니니까.

전쟁이나 날씨의 변화도 그렇다. 걸프전이 터졌을 때 터키를 여행하던 우리는 사방에서 날아오는 친척, 친구 들의 걱정을 들어야 했다. 호텔에 도착할 때마다 서울로 전화하는 일행들로 어수선했다. 일정대로 계속 여행을 해야 하는 것일까, 짐을 싸서 얼른 귀가해야 하는 건 아닐까, 고민하는 기색이 역력했다. 실감이 나지 않는 나 혼자만 천진난만하게 놀았는데, 그즈음 도착한 쿠사다시의 썰렁한 분위기를 보니 웃을 일이 아니었다. 몽땅 셔터를 내린 음산한 거리를 지나자니 여행을 강행한다고 해봤자 얻을 것도 그리 없는 듯했다. 하지만 여행을 돌이킨다는 것도 쉬운 일은 아니었으니, 우리는 불안한 거리를 종종종, 일정대로 돌아다닐 수밖에 없었다. 결국 어느 누구도 다치지 않고 평화롭게 끝났지만 '전쟁'이라는 통제할 수 없는 위험 요소는 여행자의 적이라는 사실을 새삼 확인한 셈이다.

산토리니에서 만난 폭풍은 또 어땠던가. 배들이 높은 파도를 넘지 못해 회항했다는 흉흉한 소문이 들리고, 섬에서 빠져나갈 방법은 없어 보였다. 하지만 그날 섬을 빠져나가지 못하면 다음 날 그리스를 떠날 수 없으니, 무작정 날씨가 좋아지기를 기다리며 죽치고 있을 수도 없었다. 심란한 마음을 안고 짙은 안개와 바람 너머의 보이지 않는 바다를 건너다보려 애쓰던 우리는 작은 비행기 두 대가 간신히 뜨게 되었다는 소식을 듣고 급하게 공항으로 달려갔다.

일행들은 공항에서 친척과 친구들에게 전화를 걸었다. 마지막이 될지도 모르는 통화였다. 서울에 아들들을 둔 부부는 둘 중의 하나가 추락하더라도 하나는 살아야 하지 않겠느냐며 각각 다른 비행기에 타겠다고 비장한 결심을 날세웠다. 서울의 친구들은 걱정하는 척해줬지만 "폭풍으로 섬에 갇히다니 낭만적이잖아!"라고 부러워했다던가. 다행히 사고로 연결되지는 않았지만 역시 위험은 당해본 사람만이 실감한다는 것이 새삼스러웠다. 흔들리는 비행기 안에 파랗게 질린 얼굴들이 둥둥 떠다녔지만 비행기는 심하게 요동치면서도 제 코스를 날아 공항에 안착했다.

돈을 요구하며 총이나 칼을 들이민다던가 하는 직접적인 위협을 당한 적은 없다. 몇몇 위험했던 순간들은 반쯤은 착각에 기인하는 것일 수 있다. 하지만 어찌 되었건 여행이라는 것이 위험을 필수적인 요소로 삼는다는 것은 사실이다. 다칠 위험, 도둑맞을 위험, 분실의 위험, 강도의 위험, 싸움의 위험 등등등. "집 떠나면 고생" 만큼이나 "집 떠나면 위험"이라는 충고도 강한 설득력을 가진다.

후지와라 신야는 말한다. "여행지에서 피할 수 없는 사소한 분쟁은 그 나라 사람들의 환영키스 같은 것이라고 생각한다. 트러블은 마이너스적인 면도 있지만 여행을 활기차게 북돋아주는 경우도 많다. 굴곡 없는 일상에 지쳐갈 무렵 새롭게 활기를 불어넣어 준다는 의미에서 일부러 약간 위태롭게 보이는 다리를 건너갈 때도 있다." 그는 심심한 일상이 거듭되면서 여행이 재미없어진다는 생각이 들 때, 일부러 트러블을 만들러 나간다 했다. 그에게 '트러블'과 '트래블'은 굉장히 가까운 곳에 있다. 거친 여행자다운 거친 여행법이다.

하지만 여자들의 생각은 다르지 않을까. 트러블은 여행에 있어 가장 경계해야 할 대상이다. 트러블은 위험하기 때문이다. 여행과 위험은 후지와라 신야의 트래블과 트러블만큼이나 가까운 곳에 있지만 그렇듯 사이좋은 관계는 아니다. 여행에서 절대 떼어낼 수 없는 요소인 주제에, 아니 그렇기 때문에, 위험은 여행을 막고 여행을 즐기지 못하게 발목을 잡는다. 특히 여자들의 여행은 더 위험하다고들 난리다. 범죄를 저지르겠다고 맘먹는 이들이 보기에 더할 나위 없이 만만하지 않은가. 체력도 약하겠다, 싸움의 기술도 없겠다, 담력도 부족하겠다. 위협도 잘 먹히고 속이기도 쉬운 저 연약한 존재들.

많이 양보해서 여행에 있어 '위험'을 일종의 '양념' 같은 것이라 받아들일 수도 있다. 일상의 안전함에 대비되어 여행의 비일상성을 돋보이게 하는 양념. 하지만 '위험'은 '장벽'의 역할을 더 충실히 수행한다. 여행을 떠나지 못하게 발목을 잡는 여러 이유들 중 가장 강력한 이유이니까. 그것은 여행 가는 사람 스스로가 마음을 먹는 데에도 장벽이 되지만, 주변이 나서서 반대하는 이유가 되기도 한다.

여자들이 여행에서 당하는 일들은 거의 괴담 수준이다. 혼자서 호기롭게 여행을 떠났다가 이를 갈면서 돌아오는 이들이 적지 않다. 직접적으로 돈을 빼앗겼다는 강도 사고부터 기차 차장이 와서 한국인이냐, 한국의 포르노를 봤는데 한국 여자들 굉장하더라, 늘어놓으며 마스터베이션을 하더라는 당황스러운 사건까지, 여행에 다녀왔던 이들은 한두 가지씩 에피소드를 갖고 있다. 듣다 보면 그런 일을 겪고도 다시는 떠나지 않겠다고 결심하는 사람이 없다는 게 더 신기할 지경이다. 그만큼 여행의 매력이 만만치 않다는 뜻일까? 아니면 돌아왔다는 것 자체가 이미 '치명적인 위험'은 당하지 않았다는 뜻이기 때문인 걸까?

1   2   3

어떤 이들은 여자들이 여행에서 더 위험한 것은 아니라고 말하기도 한다. 오지여행의 경우, 여자들이 처하는 위험과 남자들이 처하는 위험은 다를 것이 없다. 천재지변이 유독 여자들만 덮치는 것도 아니고, 말라리아균이 여자들만 선호하는 것도 아니다. 도시에서도 마찬가지다. 체력적으로 약하기 때문에 범죄에 노출될 가능성이 높지만, 그만큼 더 보호받는 측면도 없지 않다. 낱낱이 적어놓고 따져본다면 여자들이 부딪히는 위험과 남자들이 겪는 위험은 전체적으로는 비슷한 비율을 유지하고 있을지도 모른다.

하지만 무슨 상관인가. 그렇다고 해서 여자들이 여행을 떠날 때 반대하는 목소리가 더 작아지는 것도 아닌데. 남자들에게는 젊어서 여행을 떠나 안목을 넓히고 오라 권하고 여자들에게는 조신하게 집 안에 박혀 있기를 요구하는 이중적인 태도가 많이 희석된 건 사실이지만, 아직도 만만치 않은 힘을 가지고 있다. 남자에게 있어 ‘위험’과 여자에게 있어 ‘위험’은 다를뿐더러, 여자에게 더 깊은 영향을 미친다고 사람들은 암묵적으로 믿는다. 여자를 집 안에 묶어두려 했던 가부장제의 영향은 깊고 넓다.

그러니 우리는 어떻게 여행지에서 만나는 위험에 대처할 것인가. 사실, 위험에 대처하는 자세를 명료하게 몇 개의 문장으로 정리할 수는 없다. 실질적으로 당하는 일들은 다양하고 나라마다 경우마다 제각각이니, 그 모든 것을 관

4   5

통하는 대처의 자세랄 것은 침착할 것, 정보를 착실히 챙길 것, 주의를 기울일 것, 위험한 곳은 가급적 가지 않을 것 따위의 보편적인 조언밖에는 없다. 조심에 조심을 거듭한다 해도 만나게 되는 위험들은 어쩔 수 없다. 여행의 신이 있다면, 그에게나 맡겨버릴 일이다.

위험에 대처하는 자세는 그렇다 치고, 사실 우리에게 더 중요한 것은 "위험하니까 안 돼!"에 대처하는 자세를 분명히 갖추는 것일 것이다. "여행은 좋지만…"에 따라나오는 온갖 괴담들을 유용한 경험담과 과장된 위협으로 나누어 걸러 듣는 자세. 경험담은 교훈으로 받아들이고 위협은 무시하는 자세. 그 모든 위험과 그 모든 위협보다 여행은 더 좋을 것이라는 것을 믿는 자세. 그리하여 가방을 싸는 자세. 친구의 손을 꼭 잡고 반경 3미터 밖으로 떨어지면 죽을 것처럼 굴더라도 어쨌든 떠나는 자세. 그런 자세를 갖추었을 때 받을 수 있는 선물에 대해서는, 굳이 에피소드로 굴려 말할 필요도 없다.

생리대 단상

일요일 오후. 낡고 지직거리는 TV를 켜놓고 하릴없이 방 안을 뒹굴던 어린 시절의 하루. 선택권이 많지 않아 게으르게 고정해놓았던 채널에서는 철인 5종경기를 한창 중계하고 있었다. 눈을 돌리면 수영을 하고 또 눈을 돌리면 자전거를 타던 사람들은 마지막에 마라톤으로 체력과 정신력을 불태우고 있었다. 아나운서의 날것의 목소리, 사람들의 웅성거림, 그리고 잘 보이지는 않았지만 아마도 유연하게 움직이고 있었을 사람들의 강인한 근육이 작은 화면 너머 흘러갔다. 경기에 참가한 여자들의 동물 같은 몸이 화면을 채웠다 멀어지곤 했다. 머나먼 나라의 이야기였다.

도착 지점을 얼마 남기지 않고 완전히 기진맥진해버린 여자가 눈에 띈 것은 유망주인 그녀의 이번 도전이 실패할지도 모른다는 안타까움에 아나운서의 목소리가 높아졌기 때문일 것이다. 감정이 잔뜩 실린 아나운서의 흥분된 목소리에 호기심을 느껴 나는 얼굴을 화면 가까이 들이대 유심히 그녀를 보았다. 비틀거리는 그녀의 몸에서 가장 먼저 눈에 띈 것은 얼굴이 아니라 그녀의 반바지 아래로 흘러내려 타이츠를 붉게 물들인 얼룩이었다. 그때 나는 아직 초경 전이었다.

그 순간 내가 왜 숨이 턱 막혔는지는 좀 더 나이가 든 후에 알 수 있었다. 여자라는 게 '한계'로 다가오는 몇 안 되는 순간을 목격한 것이다. "왜 생리기간에 그런 무모한 일을?"이라는 의문은, "그렇다면 한 달의 삼분의 일이나 되는 기간에는 기회를 놓쳐야 한다는 것인가?"라는 질문으로 자연스럽게 연결된다. 가능한 한 몸을 사리고 컨디션이 나쁘다는 걸 사람들이 알아주길 은근히 바라던 시절도 있었지만, 능동적으로 기회를 잡고 일정을 추진해야 할 일들에 마주치기 시작하자 생리기간이라는 건 단지 거추장스러운 몸의 불퉁거림으로 여겨졌다. 생리기간을 따져서 일을 꾸린다는 것은 꽤나 사치스러운 얘기다. 여행을 다니기 시작한 후 그런 선택이라는 게 얼마나 어려운 일인가 더더욱 실감하게 되었다. 빠듯한 시간과 일정을 쪼개서 가는 여행에 생리주기까지 고려할 수는 없었다.

일정 중에 생리를 만나는 것은 일종의 천재지변 같은 거라 어쩔 수 없다고 포기하더라도, 휴양지에서의 황금 같은 며칠 동안 줄기차게 비가 오는 것만큼이나 낙심되는 일이기는 하다. 생리 중에는 수영이나 온천욕 등 많은 일정들이 쉽지 않아진다는 게 대표적인 문제이기는 하지만, 가장 큰 문제는 확실히 체력이다. 진통제로도 통증을 다스릴 수 없는 체질의 사람에게는 말할 것도 없다. 그렇지 않더라도 묵지근한 통증과 쉽사리 바닥으로 떨어지는 체력은 여행 자체의 즐거움을 앗아가 버리곤 한다.

첫 일본여행, 그해 여름의 짧은 여행 일정은 피로 얼룩져 있었다. 비행기에서부터 쿨럭쿨럭 넘쳐나던 피는 돌아오는 비행기 안에서도 그치지 않았다. 오사카와 교토의 폭염 속에 긴 청바지를 입고 노심초사 돌아다니며 나는 일본을 처음 경험했다. 교토역의 근사한 역사보다 교토역의 화장실이 더 기억에 남는 기묘한 여행이었다. 말해 무엇하랴. 새벽에 나가면 하루종일 돌아다녀야 하니 옷에 묻을까봐 신경이 쓰이고, 제때 화장실을 찾지 못하면 패닉상태에 빠지곤 하는 여행이라니. 밖을 향해 활짝 열렸어야 할 오감은 제자리를 찾지 못해 갈팡질팡하며 내 안의 피가 가득 찬 주머니로 향하고 있었다. 나는 투덜댔다. 어딜 보고 있는 거야. 그곳엔 버려질 피밖에 없잖아. 나는 지금 교토를 쪽쪽 빨아들이기에 바빠야 한다구. 그런데 일본만 건너갔다 하면 생리를 시작하곤 했으니, 내 생체리듬과 일본은 이상한 데서 타협을 본 모양이다.

비행기를 탈 때마다 생리를 시작하는 것은 아니지만, 비행기 안에서 만년필의 잉크가 좀 더 잘 새는 것과 마찬가지로 기압이 낮아지는 현상이 몸에 미치는 영향이 없지 않은 듯싶다. 십 몇 시간을 꼼짝 않고 앉아 있어야 하는 비행기 안에서 생리를 시작하는 것만큼 암울한 일은 많지 않다. 당장은 남은 비행시간이 끔찍해지고, 앞으로의 여행일정이 암담해진다. 그래도 아예 조금 더 일찍 시작하면 일찍 끝나기나 하지. 어떨 땐 '생리전증후군'만으로 불안하게 질질 끌기도 하니 여러모로 여행과 생리의 관계는 불편할 수밖에 없다.

빠듯하게 채워진 여행가방 안에 적지 않은 부피로 들어앉아야만 하는 생리대에 이르면, 이 생리라는 것이 여자들의 여행에 미치는 영향은 체력적 문제뿐 아니라 물질적인 문제까지 만만치 않다는 것을 새삼 느끼게 된다. 하나하나 개별 포장한 이 휴지 덩어리들은 오직 생리 때 이외에는 쓸모가 없는데 여행 내내 생리를 하지 않으면 다행이다 싶으면서도 헛짓을 한 듯하여 억울해진다. 그렇다고 현지에서 사서 해결하겠다고 마음 편히 떠나기도 쉽지 않다. 까다로운 여자들의 구미를 맞추어줄 제품을 현지에서 구할 수 있을까? 중국에 갔다가 싸구려 휴지 같은 생리대밖에 없어 난감했다는 경험담부터 유럽 약국에 갔더니 한 번도 써보지 않은 탐폰형밖에 안 팔아서 당황했다는 이야기까지, 실패담은 무수히 많다. 지금은 그런 불편이 많이 해소되긴 했지만 생리대는 여러모로 뜨거운 감자다.

늘 애용하던 제품을 사용하더라도 패드형 생리대는 많이 걷는 다리 사이를 헐게 만들기 쉽고, 탐폰형 생리대는 교체할 적당한 장소를 찾지 못해 불안하게 만들 가능성이 높다. 얼마 전 부피도 작고 씻어서 쓸 수 있는 키퍼라는 제품을 찾아내긴 했지만 익숙해지기 전까지는 거북하고 불편한 사용법이 장벽이 된다. 활동성과 휴대성을 감안한 제품들이 속속 나오고 있지만, 아직도 여행하는 여자의 요구를 완전히 만족시킬 수 있는 제품은 없다. 여자의 몸 자체가 그러하니 어쩌겠는가. 기능성을 아무리 강조하더라도 그것은 임기응변을 뛰어넘지 못한다.

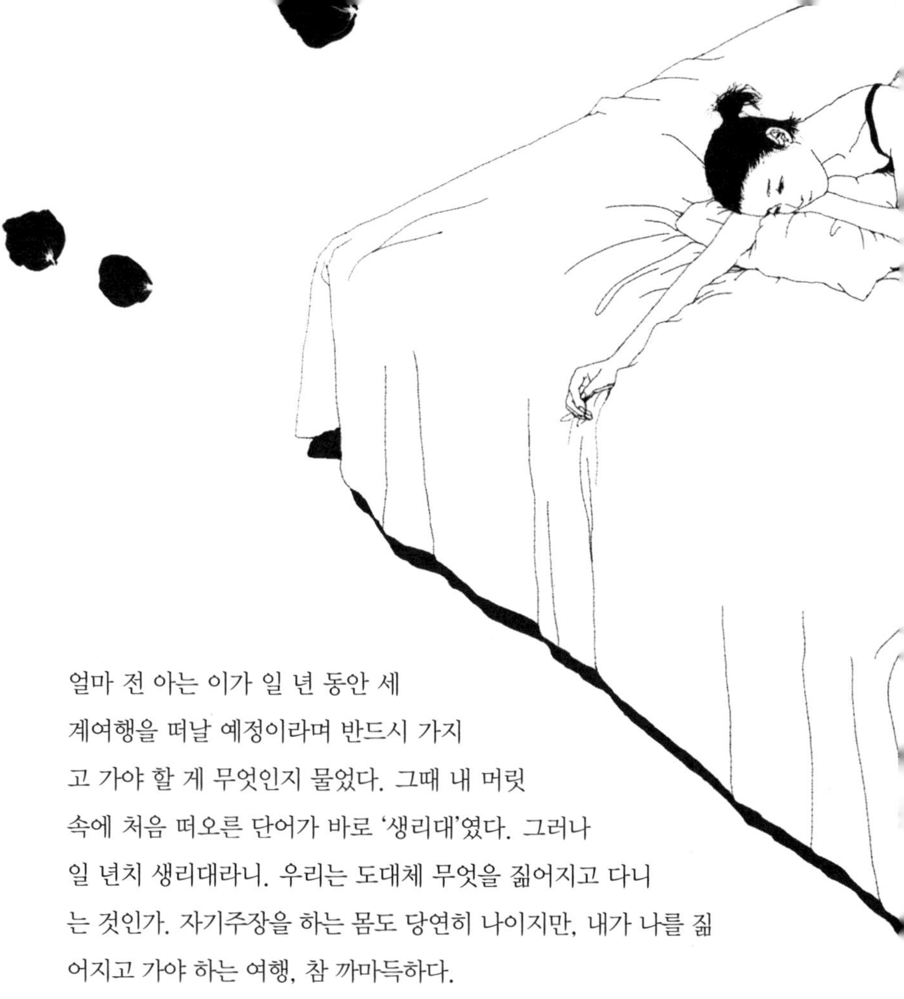

얼마 전 아는 이가 일 년 동안 세
계여행을 떠날 예정이라며 반드시 가지
고 가야 할 게 무엇인지 물었다. 그때 내 머릿
속에 처음 떠오른 단어가 바로 '생리대'였다. 그러나
일 년치 생리대라니. 우리는 도대체 무엇을 짊어지고 다니
는 것인가. 자기주장을 하는 몸도 당연히 나이지만, 내가 나를 짊
어지고 가야 하는 여행, 참 까마득하다.

여행시 생리를 늦추는 방법이 없지는 않다. 사람들이 즐겨 쓰는 방법은 피임
약을 복용하는 것이다. 매일 한 알씩, 정해진 시간에 먹으면 원하는 정도까지
늦출 수 있다고 한다. 물론 부작용은 각오해야 한다. 호르몬을 조절하는 것
이기 때문에 몸의 리듬을 교란시키는 만큼, 깔끔하게 생리만 늦출 수는 없다.
다리가 부었다, 체중이 늘었다, 속이 안 좋다. 심심치 않게 문제가 일어난다.
심한 경우는 생리불순이 올 수도 있다. 부작용이 없거나 경미했다면 말 그대
로 "고맙습니다" 할 일.

피임약을 먹는 것 이외에 호르몬 주사를 맞기도 한다. 하지만 생리를 안 하는 대신에 컨디션이 바닥을 칠 수도 있다는 점은 각오해야 한다. 생리가 여행의 장애가 되는 이유 중의 하나가 컨디션의 저하일진데, 그것을 각오하고 생리를 미루는 것이 과연 그만한 가치가 있을지, 선택은 쉽지 않다. 눈 딱 감고 몸의 순리를 받아들이는 게 나을까? 다만 며칠이라도 시간을 버는 게 나을까?

생리라는 현상은 여자와 여행이 상극이라는 증거로 보인다. 여자들은 움직이기보다 머물러야 하고, 펼쳐놓기보다 챙겨야 하고, 떠나기보다 지켜야 한다는 논리. 조물주가 그렇게 만들었다는 논리는 생리로 인해 힘을 얻는다. 수많은 여행 중의 경험담은 저 논리에 설득력을 싣는다. 훌쩍 떠나기 좀 더 어렵고 오랜 시간을 돌아다니기 좀 더 어려운 체질. 쉽게 아프고 당연하게 피 흘리는 체질. 근력도 근성도 없는데다 한 달의 삼분의 일은 볼모로 잡힌 몸이라니. 생각해보면 참 안쓰럽고 가여운 몸 아닌가.

내 어릴 적, 동네 언니들은 생리를 '홍순경'이라는 별명으로 부르곤 했다. 주기적으로 찾아오는 불편한 존재. 안 왔으면 싶지만 안 올 수는 없는 존재. 껄끄럽지만 필요한 존재. 그 복합적인 감정이 저 별명에는 담겨 있다. 하지만 생리를 단지 귀찮기만 한 존재라고 치부해버리는 건 부당하다. 많은 여자들이 불편함의 갈피에 숨은 미묘한 장점을 뜻밖에 발견하곤 한다.

사실, 많은 여자들이 생리기간에는 몸이 무거워지는 것에 반비례하여 정서적으로 예민해진다고 말한다. 감성이 증폭된다. 말 그대로 모든 것을 받아들이기 쉬운 폭신폭신한 상태가 되는 것이다. 여행이 주는 신선한 자극은 어느 때보다 더 잘 흡수되며, 여행이 불러일으킨 생각들은 한층 더 깊이 있게 되새겨진다.

불편하기 때문에 "몸"은 다시 한번 발견된다. '핸디캡'의 장점이다. 밖을 봄과 동시에 안을 보게 되는 것이다. 몸이 자꾸 말을 건다. 바짓자락 잡고 칭얼거리는 아이처럼 때론 귀찮겠지만, 또한 조금 더 느리게 가면서 더 많은 것을 보게 되기도 한다. 여행이 나를 발견하는 과정이라면, 내가 나임을 계속 상기시키는 몸의 말 걸기야말로 여행의 필수 요소일 수 있겠다.

그녀들은 여행지에서 자신을 발견하면서 또 다른 여자들을 발견한다. 이국의 여자들이 사실은 나와 마찬가지로 한 달에 한 번 피 흘리는 사람이라는 것에 동지애를 느끼며 서로 은밀하게 눈짓을 나눈다. 내 친구는 유럽을 여행할 때, 약국으로 생리대를 사러온 집시들을 만나 당황하는 한편 그녀들도 또한 같은 몸을 가진 사람들이라는 것을 신비롭게 깨달았다고 한다. 약국에서 생리대를 찾는 경험은, 당혹스럽기도 하지만 또 한편으로는 이국의 문화에 제 몸의 은밀한 곳을 대보는 신선한 경험이기도 하다.

먹는 음식이 다 다르고 화장실 문화가 다 다르더라도 사실 우리 모두는 먹고 싼다는 의미에서 같은 사람이다. 하지만 그러한 깨달음은 표면적인 차이의 극명함 때문에 쉽게 다가오지 않게 마련이다. 그에 비해 여자들이 서로에게 느끼는 공감은 훨씬 직접적이다. 몸의 고통과 정서적 증폭의 경험은 그녀들의 몸과 내 몸을 말없이 묶는다. 그렇다. 오직 하나밖에 없는 달의 직접적인 영향 아래 피 흘리는 우리는 피부색은 다를지 몰라도 같은 핏줄을 가졌다.

많은 이들이

그러한 경험의 각별함을

이야기하지만 사실,

내게 있어 아직 생리라는 것은 발을 묶고 걷는 것처럼

불편하기 짝이 없는 일에 지나지 않는다.

내가 생리에서 좋은 점을 찾는 것은

어떻게 할 수 없는 상황에서 그나마의 장점이라도 찾는

빈약한 몸짓일 테다.

하지만 생리의 불편함을

고스란히 인정하더라도,

생리가 여행을 떠나는 것을 망설이게 하는 이유가 되도록

내버려두지는 말아야 할 것이다.

어차피 생리를 할 거라면 직장에서 학교에서

통증을 내색하지 않기 위해 꾹꾹 눌러 참느니,

차라리 여행을 떠나라고 하고 싶다.

낯선 땅에서의 흥분된 경험은
진통제 한 알 만큼의 효과가 있을 테니까.

지도에
대하여

한때, 컴퓨터의 오른쪽에 구글어스를 띄워놓고 지냈던 적이 있다. 모니터의 한구석을 조그맣게 차지하고 있는 네모난 화면은 나와는 상관없이 혼자 지구 위의 여기저기를 산책했다. 쉴 새 없이 바뀌는 화면들은 대부분 내 시야 밖에 있었지만, 문득 내 눈 안으로 뛰어들어올 때가 있다. 내가 가봤던 '바로 그곳'을 비춰주었을 때. 변덕스러운 위성이 그 풍경을 벗어나기 전에 얼른 클릭해본다. 화면 속에는 그림자까지 선명하다. 그 화면이 실상은 몇 개월 전의 화면이라는 걸 알기 전까지, 나는 아, 지금 저곳은 햇볕이 환하구나, 라며 혼자 감탄하곤 했다. 내가 걸었던 바로 그 길을 지구의 반대편에서 내려다보는 그 뭉클한 기분.

프라하가 그랬다. 구시가 광장을 구글어스의 눈이 훑고 갈 때마다 어김없이 붙잡아 앉혔다. 구시가 광장에서 살짝 비켜 앉은 카프카의 생가는 여전히 다소곳하구나. 사랑해 마지 않는 틴 성당을 위에서 내려다보면 이렇게 생겼구나. 야경은 여전히 비현실적으로 아름다울까. 틴 성당이 마주 보이던 호텔, 내가 묵었던 방에는 지금 다른 사람이 서성이고 있겠지. 구시가를 내다보며 자신이 프라하에 있다는 사실을 못 믿어 하며 감격하고 있을까. 시계탑 앞에는 오늘도 관광객들이 입 벌리고 옹기종기 모여 있을 테지. 그 모든 것을 위에서 내려다보면서 나는 다시 프라하에 갈 날을 손꼽았다. 내가 바로 저 광장을 가로지르는 '그 순간'을 구글어스의 카메라가 잡아주지 않을까. 그래서 우연처럼 돌아와 앉은 내 컴퓨터 화면 위로 슬몃 그림자를 드리워주지 않을까.

요즘은 구글어스를 손에 들고 다닌다. 아이폰의 기능 중에 내가 가장 좋아하는 '지도 보기' 기능이다. 내가 어디에 있건, 내가 있는 곳을 바로 상공에서 보여준다. 내 왼쪽으로 뻗은 길은 놀이터와 연결되고 내 정면으로 향하는 길은 곧 개천과 이어진다는 것을, 나는 나를 내려다보듯 볼 수 있다. 나를 보는 또 하나의 눈이다. 지난 뉴욕여행 때 가져갔던 아이팟터치의 '지도 보기' 페이지에는 우리가 묵었던 링컨센터 근처의 숙소가 잡혀 있다. 그 화면을 켤 때마다 그곳에 묵었던 기억이 뭉클, 다가와서 다른 데로 바꾸지도 못하고 압정으로 고정해두었더랬다.

내가 누구인지 파악하기 위해 가장 우선적으로 해야 할 일은 내가 어디에 있는지 파악하는 게 아닐까. 나는 어디에 살고 있는가, 나는 어디에 다니고 있는가, 어디에서 주로 노는가 하는 지리적 개념을 넘어서, 나는 누구의 딸인가, 나는 누구의 친구이며, 누구 밑에서, 혹은 위에서 일하고 있는가 하는 관계의 문제까지 포함해서 말이다. 그 모든 것이 낱낱이 지도에 새겨져 있는 양, 나는 틈날 때마다 지도를 들여다본다. 내가 있는 곳이 어디인지 훤히 알고 있음에도 지도가 한 번 더 짚어줄 때마다 고개 끄덕이며.

사실, 내가 구글어스 기능을 포함하여 '지도'를 좋아하는 이유 중 하나는 내 위치를 보여주는 것뿐 아니라 여행이 시작하는 순간의 짜릿함을 되살려주기 때문이다. 모르는 도시의 역에 도착했다고 해서 그 순간에 여행이 시작되는 것은 아니다. 여기가 어디고 나는 누구인지, 여기가 누구고 나는 어디인지도 모르는 상황에서 지도를 펼쳐들고 내가 서 있는 곳에 첫 점을 찍어보았을 때, 비로소 여행은 시작한다. 그러니 명료한 지도 한 장, 얼마나 반갑겠는가. 지도에서 내가 있는 곳을 찾아보거나 작은 약도를 그리는 일은 소소한, 그러나 솔찮은 즐거움이다.

여행은 내가 지도와 일대일 대면하게 되는 흔치 않은 기회다. 재미삼아 아이폰의 지도를 들여다보는 것과는 차원이 다르다. 진지하고 절박하다. 나는 '월E'가 '이브'의 손을 잡고 다니듯, 지도를 꼭 쥐고 다닌다. 길에 멈춰 서서, 카페 테이블에 펼쳐놓고, 침대 위에 양반다리를 하고 앉아서, 지도와 정면으로 마주 본다. 지도 속에 아주 작은 내가 있다. 그 나와 내가 수다를 떤다.

> 이쪽이 맞아? 한참 남았잖아.
> 여기를 들렀다 가는 게 좋을 것 같아.
> 계속 가면 막다른 길인걸.
> 그 길은 아름다웠지.
> 참 많이도 걸었구나.
> 내일은 어디에 갈래?
> 네가 안 가본 곳이 바로, 여기에 있어.

지도 속의 작은 나는 내가 어디론가 가고 싶을 때 길을 가르쳐주고, 내가 길을 가고 있을 때 가야 할 곳을 알려주고, 내 기억 속의 풍경에 콕콕 위치를 짚어준다.

내가 어디 있는지 모르겠는 때, 사방이, 만사가 오리무중일 때, 나는 지도 한 장을 그리워한다. 이탈리아의 작은 소도시 아시시에 도착했을 때 나는 그 도시의 지도를 찾아 반나절을 헤맸다. 아까 본 골목들이 또 나오고 또 나왔다. 간신히 인포메이션 센터를 찾아 지도를 받았을 때, 나는 내가 이미 이 도시의 대부분의 골목을 돌아다녔음을 알았다. 머릿속에서 조각그림 맞추듯 풍경들이 맞춰졌다. 지도가 내게 누설한 비밀을 곱씹으며 나는 다시 한 번 꼬불꼬불한 골목들을 걸었다. 지도 없이 보았을 때와는 사뭇 달랐다. 아, 너는 내가 너를 만나기도 전에 흐르는 나를 품고 있었구나. 내가 가는 곳을 내내 같이 떠돌아다녔구나. 나는 지도를 두 장 챙겨두었다가, 다음 날 아시시로 가는 사람에게 주었다. 그는 실타래처럼 엉킨 길들을 잘 풀며 돌아다녔을까.

그런데 내가 지도를 좋아한다고 하면 많은 사람들이 의아하게 생각한다. 여자들은 "지도를 읽지 못한다"라는 특징을 가지고 있다고 정의되곤 하니까. 도보여행가 김남희도 그 많은 길을 걸었음에도 불구하고 지도를 읽지 못한다고 고백한 바 있다. 그녀의 표현에 따르면, 그녀에게 지도는 "아랍어로 씌여진 연애편지"이다. 오죽했으면 《말을 듣지 않는 남자 지도를 읽지 못하는 여자》라는 직설적인 제목의 책까지 나왔겠는가.

그러한 여자의 특성은 과학적 연구의 대상이기도 하다. 연구 결과에 따르면 여자가 지도를 읽지 못하는 이유는 뇌의 구조와 긴밀한 관계를 가진단다. 지도를 잘 읽기 위해 필요한 것은 '공간지능'이다. 두뇌를 스캐닝하면 공간지능이 있는 장소를 파악할 수 있는데, 남자의 경우 우뇌 앞쪽에 자리잡고 있다고. 남자의 가장 강력한 능력 중의 하나이기도 한 이 공간지능은 예전부터 사냥꾼으로 활동했던 덕분에 발달된 것이다. 사냥감의 속도와 움직임, 거리를 측정하고 그것을 잡기 위해 얼마나 빨리 달려야 하는지 직관적으로 알아채는 능력. 그 능력이 없었다면 사냥꾼으로서의 남자는 오래전에 씨가 말랐을 것이다. 그에 비해 사냥꾼으로서의 능력이 필요 없는 여자의 공간지능은 뇌의 양쪽에 흩어져 있으며 위치도 구체적으로 드러나지 않는다. 그리하여, 남자처럼 우수한 공간지능을 가진 여자는 약 10퍼센트에 지나지 않는다.

하지만 여자가 지도를 읽지 못한다는 것은 단순명료한 사실은 아니다. 여자들의 감각으로 이해하는 세계는 훨씬 복잡하고 섬세하다. 지도 제작자 앨런 콜린슨은 여자들도 쉽게 읽을 수 있는 지도를 만들고 있다. 그가 파악하기에, 여자들이 지도를 읽지 못하는 이유는 지도가 2차원이기 때문이다. "여자들이 제일 어렵게 생각하는 문제는 지도를 보면서 직접 어떤 장소를 찾아가는 일이지요. 이 경우에는 3차원 투시를 할 수 있으면 쉽게 길을 찾습니다.” 그가 만드는 지도에는 나무, 산, 기타 지형지물이 그려진다. 그러한 3차원의 지표들이 채워진 지도를 보면 여자들은 훨씬 빨리 목표물을 찾는다. 남자들이 지도를 잘 읽는 이유는 자신의 마음속에서 2차원 지도를 3차원 지도로 바꾸어놓는 능력이 뛰어나기 때문이다. 그 과정을 미리 해주는 것. 그것이 ‘여자들을 위한 지도’의 핵심이다.

나도 마찬가지다. 지도를 좋아한다고 해서 지도를 잘 읽는 것은 아니다. 공식적인 지도의 언어는 내가 모르는 언어다. 내 머릿속에서 2차원의 지도는 남자들처럼 재빠르게 3차원으로 치환되지는 않는다. 단지, 그 간극을 느리지만 착실하게 상상력으로 채워낼 뿐이다. 2차원의 종이 위에 실제의 길을 낸다. 극단적으로 단순화된 지도 속의 기호들을 보면서 그곳에 조그마한 나무와 아주 작은 개와 손톱만 한 빌딩과 실 한 가닥보다 그리 두꺼울 것도 없는 길을 쌓는다. 그리고 그 속에서 자박자박 걸어가는 나를 본다. 3차원의 실제 풍경을 보여주었던 구글어스의 위성사진과 2차원의 극단적으로 얇은 지도 한 장을 겹쳐 보던 평상시의 취미생활이 그 과정을 좀 더 손쉽게 하도록 도왔는지도 모르겠다. 아니, 그보다는 내가 다녔던 길들을 다시 한번 납작한 지도로 들여다보던 경험들이 더 유용했을 것이다.

그렇다 하더라도 여전히, 2차원의 지도가 내 머릿속에서 3차원의 그림으로
그려지는 데는 시간이 걸린다. 그러므로, 내게 지도를 읽어 달라 하지 마라.
몇 미터를 더 가서 좌회전해야 목적지가 나오는지 누군가 내게 지도를
읊어보라 하면 아랍어를 읽어보라 시킨 듯 멍하니 쳐다보겠지.
나는 지도를 읽지 않는다. 그 대신 지도를 관람하거나,
시청하거나, 감상하거나, 상상한다. 그러다 결국은
지도를 사랑하게 되었구나. 까막눈의 여자가
이국의 문자 위에 풍성하게 이미지를
쌓다가 결국 사랑하게 되듯, 그렇게.

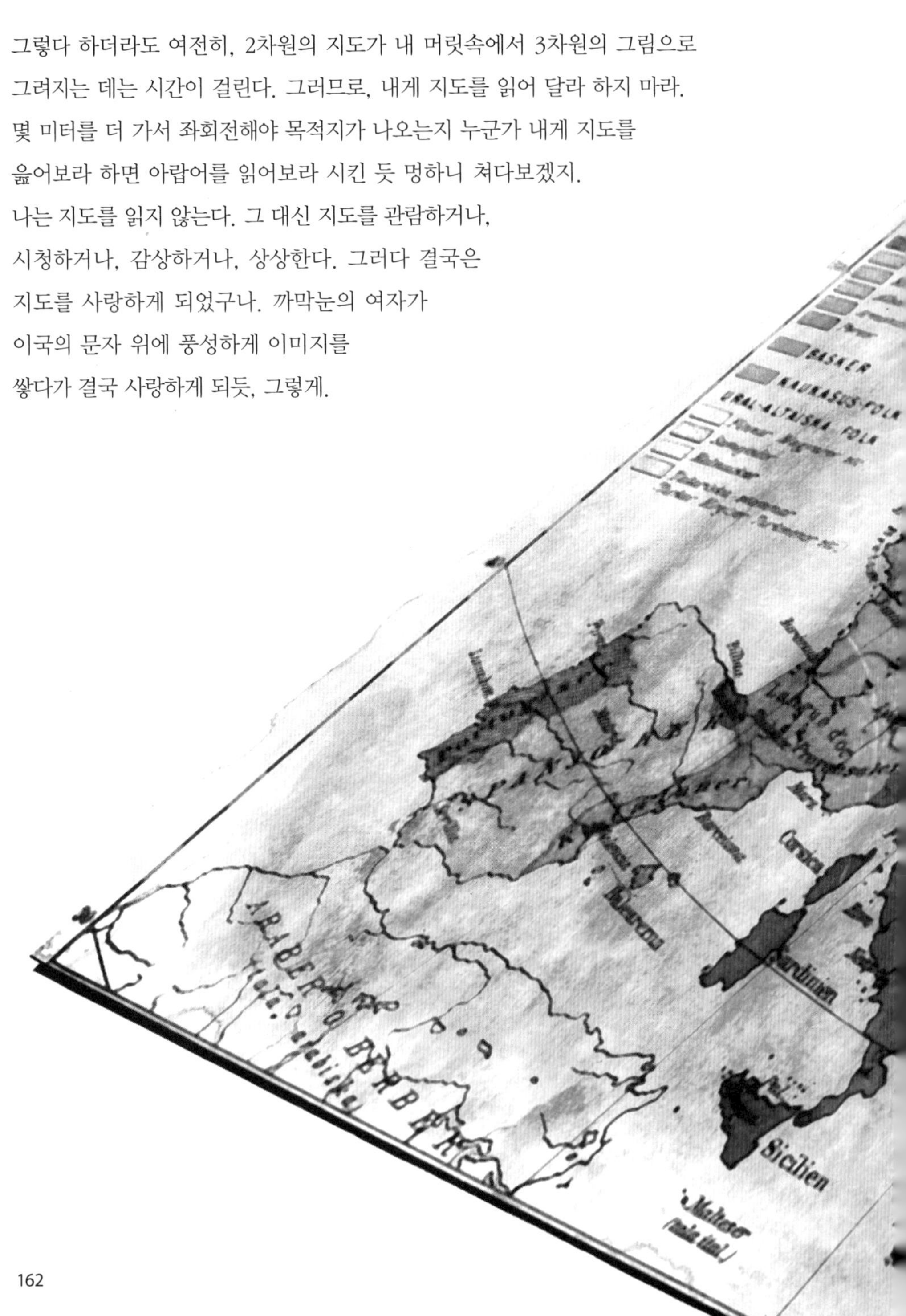

까탈을 부리자

여자는 비바람이 치는 날 급하게 길을 나섰다. 말 한 필도, 수행원 한 명도, 갈아입을 옷 한 벌도 챙기지 못했다. 여자는 젖어서 달라붙는 머리채를 등 뒤로 늘어뜨리고 무작정 성문을 두들겼다. 당황한 표정의 낯선 사람들. 작은 왕궁이었다. 그녀는 자신이 이웃나라의 공주라고 당당히 밝혔다. 젖어서 다리에 달라붙는 치마를 손가락으로 떼며 물 뚝뚝 듣는 턱을 치켜든 채.

동화 《공주와 완두콩》은 그렇게 시작한다. 그 왕국의 외동아들인 왕자는 마침 자신과 결혼할 "진짜 공주"를 찾고 있었다. 그가 만났던 공주라는 여자들은 모두 잘 차려입은 사람들이었지만 그의 기준에 부합하지 않았다. 그가 생각하는 진짜 공주는 어떤 사람일까? 그녀가 진짜 공주라면 시어머니가 되어주겠노라, 마음먹은 왕비는 그녀를 시험에 들게 한다. 매트리스 스무 장, 오리털 요 스무 장을 깔고 그 밑에 완두콩 한 알을 넣어놓은 것이다. 진짜 공주라면 당연히 눈치채리. 진짜 공주라면, 완두콩한 알에 배겨 온 등에 시퍼렇게 멍이 든 채로 아침식탁에 다크서클을 늘어뜨리고 나타날 것이었다.

공주와 결혼하는 것은 몰라도, 공주와 여행하는 것은 피곤한 일이다. 싼 숙소의 눅눅한 시트를 견디지 못하고, 저렴한 식탁을 혐오한다. 짐 드는 걸 괴로워하는데 아이러니하게도 짐이 많다. "가격 대비 성능" 같은 말은 그녀의 사전에는 없다. 수행원이 없는데도 턱으로 부리려는 버릇은 고쳐지지 않고, 그 버릇에 당하는 건 늘 무수리 경향이 강한 일행이나 어이없는 표정을 한 직원들이다.

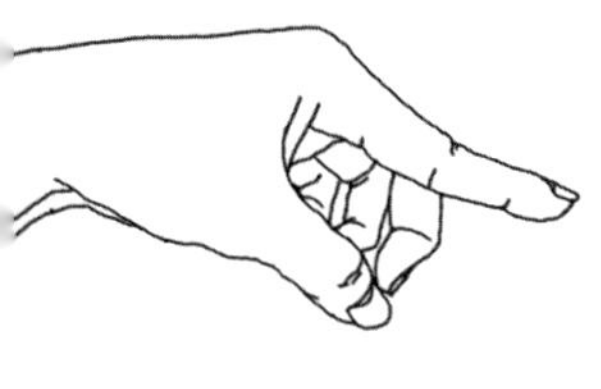

물론 그 공주의 고통을 헤아리지 못하는 바는 아니다. 요 스무 장과 이불 스무 장을 깔아도 감지되는 완두콩의 고통을 어찌 무시하라 할 수 있을까. 그 고통의 불평불만을 어찌 탓할 수 있으랴. 탓할 수 없으니 가까이하지 않는 게 상책이다. 그런 의미에서 까탈스러운 사람은 여행 동료에서 일차적으로 제외되기 마련이다. 일상에서는 어떨지 몰라도 여행지에서는 특히 환영받지 못하는 존재가 바로 '공주'들이다.

그렇다면 공주는 여행을 떠나지 말아야 하는 것일까? 평생 자신에게 보장된 궁을 지키고 앉았어야 한다는 걸까? 우리는 궁을 떠나 행복을 찾았던 수많은 공주들을 알고 있다. '완두콩 공주'처럼 그 까탈스러움 덕분에 행복을 만난 케이스는 많지 않을지 몰라도, 많은 공주들이 여행을 통해 저마다의 행복을 찾는다. 오히려, 궁에 들어앉아 움직이지 않은 공주들은 그곳에서 고요히 늙어갔다. 그 삶도 의미가 없었다 말할 수는 없지만, 동화의 세계에서 그녀들은 그림자와 같다.

웬만한 것에는 까다롭게 굴지 않는 나도 손에 뭐가 묻는 것만큼은 끔찍하게 싫어한다. 끈적한 것, 액체, 이런 것이 손에 묻거나 테이블에 쏟아지는 것. 세상에서 제일 싫어하는 일 중의 하나다. 마드리드의 길거리를 걸으며 친구와 열심히 얘기하던 내 손에 철썩, 하고 새똥이 떨어진 것은 그러므로 재앙 중의 재앙이었다. 그 뜨끈하고 끈적한 액체. 완전 정지상태가 되어 신음소리만 내는 나를 둘러싼 일행들은 소란스럽게 생수를 부어 씻어내어주며 "왜 하필이면 너의 손에!"라고 그 고통을 동정해주었다.

그 덕분에, 내 기억 속에는 그 장면만 유일하게 생생하다. 어떤 얘기를 하고 있었는지 어디로 가고 있었는지 거의 기억나지 않지만, 손에 척, 들러붙던 뜨끈한 액체의 느낌만큼은 방금 당한 것처럼 선명하다. 새똥을 맞는 건 행운이라던데, 뜻밖의 새똥이 내 기억에 압정을 박아준 셈이다. 여행의 추억들을 모두 그렇게 생생하게 기억할 수 있다면 얼마나 좋을까. 퇴색되어가는 기억이 아쉬운 나는, 그런 순간이 은근히 기다려지기도 한다.

여행은 온전한 자기로 나가서 온전한 세계와 만나는 과정이다. 그런 의미에서, 까탈스러운 자신을 인정하고 까탈스러운 채로 집을 나서는 것도 괜찮다. 까칠까칠하게 세상과 몸 부대끼며 사포질하고 스스로의 까탈스러움을 통해 세상을 보는 것. 사실 그것은 행운일 수도 있지 않을까? 뒤집어보면, 까다로움도 감각의 하나이니까. 세상을 향해 열려 있는 예민한 감각은 여행에 있어 축복과도 같은 것이 아니던가.

까다로움은 하나의 렌즈다. 그 렌즈는 세상의 모든 결들을 솜털 하나까지 올올이 보여준다. 이불 밑의 완두콩을 보는 렌즈로 세상을 본다면 어떻게 보일까? 침대에 붙은 머리카락을 보여주는 렌즈로 세상을 본다면 그만큼 올올이 자세히 보일까? 가끔 난 까다로운 이들의 시선이 궁금하다. 아마도 내가 보는 것보다 몇 배는 선명하고 뾰족할, 그 감각의 세계.

그곳에서
살기

그녀는 어느 곳으로 여행 가든 그곳에 한 달 이상 머무른 다는 원칙을 갖고 있다고 했다. 그곳을 "보는" 것이 아니라, "살아보는" 것이 중요하다 했다. 베를린에서 반쯤 거주민으로 반쯤 여행자로 살았던 그녀는, 그곳의 속살에 가닿으려면 주저앉아야 한다는 걸, 바닥에 엉덩이를 붙여야 한다는 걸 깨달았다. 그 후 그녀는 여행을 떠나면 도착한 곳에 눌러 붙어 천 년 만 년 살 사람처럼 익숙한 길을 오가고, 단골 식품점을 만들고, 동네의 공원을 낀 산책 습관을 만들었다. 처음 만난 남자와 천천히 궁합을 맞춰보듯, 그녀는 그곳과 사귀었다. 사실 그것은 그녀 특유의 단순한 '여행법'만은 아니었다. 그녀는 일종의 '탐색기'를 거치고 있었다.

도쿄에서 한 달을 지내다 돌아온 그녀는 그곳이야말로 내가 살아야 할 도시예요, 라고 말했다. 드디어 찾았다고. 그 전에 갔던 곳은 정말 살고 싶지 않은 곳이었고, 그보다도 전에 갔던 곳은 "우리 엄마가 살았다면 정말 활개를 쳤겠구나" 싶은 곳이었다 했다. 그녀가 도쿄를 제 살 곳으로 발견하게 된 데에는 나이도 한몫했을 것이다. 도쿄에서 지내는 동안 사오십 대의 여자들만이 눈에 들어오더란다. 그들이 어떻게 그 땅에서 살고 있는지, 어떤 식당에서 무엇을 먹고, 어떤 카페에서 어떤 차를 마시며 소일하고 있는지에 관심이 기울더란다. 그녀들의 모습에 자신의 미래의 모습을 겹쳐보며 그녀는 안도의 한숨을 쉬었다. 드디어 내가 살 곳을 찾았구나. 늘 그리워하던, '여기가 아닌 다른 곳'을 드디어 찾았구나.

누구나의 여행이 그러하듯이, 그녀의 여행 또한 돌아오기를 전제로 한 것이었지만 또한 돌아오지 않기를 희망하는 것이기도 했다. 그리고 그녀는 드디어 이 땅으로 돌아오지 않아도 될 곳을 찾았다. 찾았다고 해서 이곳의 삶을 정리하고 그곳에서 새롭게 시작하는 것이 쉽지만은 않겠지만, 발견했다는 것만으로도 그녀의 그동안의 여행들은 충분히 가치를 지니는 것이었다. 찬찬한 발걸음으로 둘러본 땅이었으니.

그렇게 몇몇 사람들은 이국으로 떠나 그곳이 자신을 위한 땅인 것을 본능적으로 눈치챈다. 자전소설 《아웃 오브 아프리카》를 쓴 이자크 디네센은 자신이 나고 자란 땅 덴마크를 답답해했다. 그녀는 친구에게 편지를 보내 호소했다. "덴마크인들의 국민성은 마치 발효되지 않은 빵 반죽 같아. 맛과 영양을 주는

성분들은 모두 그대로 남아 있는데 반죽을 부풀어 오르게 하는 요소만 어딘가로 사라져버렸어.”그런 그녀가 아프리카에서 만난 것은 무엇이었을까. 그녀 자신이었다. 아프리카의 강렬함은 덴마크에 없는 바로 그것이었고, 그것은 그녀를 이루고 있는 구성성분 중 가장 핵심적인 것이었다. 그녀는 말했다. “여기 있으면서 난 본래의 내 모습을 찾았어.”

여행을 가서도 부엌용품을 사고 며칠 묵을 숙소조차 집처럼 정리하지 않으면 안 되는 ‘그녀’들. 한때는 왜 그녀들이 여행을 떠나서조차 일상에서 자유롭지 못할까 답답해했다. 여행이란 것은 일상에서 벗어난다는 의미가 클 텐데, 그녀들은 왜 여행지에서조차 일상을 지어 올리려는 것일까? 왜 머무는 곳마다 집을 지으려 하는 것일까? 왜 오래된 습관을 그곳까지 가져가려는 것일까?

하지만 그녀들은 그 과정을 통해 결국 자신에게 맞는 집을 찾아낸다. 옷가게에서 옷을 입어보듯, 자신의 일상과 습관이라는 몸을 그 땅에 짐짓 대보는 것이다.

그녀들의 세계는 넓다. 모든 곳은 그녀들의 집의 연장이고, 새로운 고향의 후보지이다. 그녀들은 궁극적으로 돌아오지 않기 위해서 여행을 떠난다. 태어난 곳은 선택할 수 없지만, 유아기를 보낼 땅은 자기가 고를 수 없지만, 자기가 살다가 죽을 곳을 고를 수는 있다. 흔히 피렌체를 "죽으러 가는 도시"라고 칭하는 데에는 그런 이유가 있다고 한다. 처음 들었을 때는 자살하러 가는 도시라는 뜻인가 싶었으나, 그 깊은 의미는 '여생을 보내러 가는 도시'라 한다. 피렌체만 그럴 것인가. 백인백색. 자기에게 맞는 곳은 오직 자신만이 알 뿐이다.

물론 태어난 곳을 벗어나기는 쉽지 않다. 먼저 국적이 덜미를 잡고, 이미 그 전에 끈적끈적한 인연들이 발목을 잡고 있다. 그 밑바닥엔 경제적 문제가 입을 벌리고 버티고 있다. 태어나서 자라온 곳을 뜨는 것은 극소수의 용기 있는 사람에게나 가능한 일이다.

같이 일했던 사람을 오랜만에 만났을 때, 그는 내게 "일본에서 살았다면 활개를 폈을 터"라 촌평했다. 시시콜콜 묻지는 못했지만, 그의 판단이 어디서 오는 것인지 궁금했다. 내 감각이 일본적이라는 것일까? 하지만 일본적 감수성으로 가득 찬 그 나라에서 내가 어찌 '활개'칠 수 있을까. 일본인들이 좋아할 만한 스타일이라는 것일까? 하지만 이미 우리나라와 일본의 차이는 그리 크지 않으니, 내가 이곳에서는 받지 못한 호감을 과연 그곳에서 살 수 있을까?

어떤 이는 프랑스에서 사는 게 좋으리라 충고했다. 어떤 이는 뉴욕으로 건너가라 부추겼다. 우리나라 사람들이 받아들이기 힘들어할 나의 어떤 특징들이 그곳에서는 흔연하다는 뜻이리라. 흔연함을 넘어 매력이 될 수도 있다는 뜻이리라. 나는 그런 이야기를 들을 때마다 한동안 그곳에서의 삶을 상상해보았다. 그것은 내 자신을 다시 돌아보는 일이기도 했다. 나는 이 땅에서 제대로 살고 있나? 이 땅은 내게 맞는 옷일까? 어찌 되었건 그러한 조언을 해준 이들이 보기에 이 땅은 내게 맞는 옷이 아니었던 것이다.

나는 이 나라가 갑갑하지 않다. 갑갑할 일은 많지만 "체감"하지는 못한다. 나는 내 스스로를 '서울중독자'라 칭한다. 아무 생각 없이 걷다 보면 어린 시절의 추억과 불쑥 만나는 이 도시가, 말 통하는 사람들과 소소한 수다를 실컷 나눌 수 있는 이 도시가, 눈을 감고도 갈 수 있을 것 같다가도 문득 낯선 도시를 여행하는 느낌을 안겨주는 이 도시가 좋다. 물론 태어날 곳을 내가 선택할 수 있었다면 서울은 그다지 흥미로운 선택지가 되지 못했을 것이다. 하지만 나는 이곳에 살면서 이 도시 곳곳에 체액을 묻혔다. 남들이 "네게 맞지 않는 땅"이라 말하는 이곳에 몸 맞춰가며 자라왔다. 서울은 내게 '라이너스의 담요'다. 침 묻어 척척하고, 콤콤한 냄새도 나는, 낡고 따뜻한 내 고향.

사실, 나도 여행 도중에 살고 싶은 나라를 만난 적이 몇 번이나 있었다. 처음은 터키였다. 지금도 내 마음속의 첫 번째는 이스탄불이다. 이스탄불에 처음 도착했을 때 나는 적잖이 당황했다. 우아하고 고풍스러운 도시를 상상하였으나 그곳에 있는 것은 폐허였다. 오래되고 아름다운 유적지에 가난한 후손들이 덕지덕지 매달려 살고 있는 형국이었다. 그러나 그들 속에 섞여들어 갈수록 나는 점점이 빛나는 반짝거리는 보석들을 발견할 수 있었다. 길을 걷다가 문득 접어든 골목에도 보석 같은 모스크가 아무렇지도 않게 놓여 있었다. 폭신한 패스추리처럼 겹겹이 역사가 쌓인 도시. 그곳에서는 아무것도 사라진 것이 없었다. 평생을 발견해도 또 발견할 것이 남아 있을 것 같았다. 호기심 많은 나를 위한 맞춤형 도시였다.

하지만 나는 짐을 꾸려서 이스탄불로 떠나지 못했다. 돌이켜 생각하면 여러 가지 이유를 댈 수 있으리라. 이곳에서 내가 할 일, 서울에 대한 애정, 사는 곳을 바꾸는 일의 어려움 등등. 하지만 그 당시의 이유는 분명했다. 용기가 없었다. 겁이 많았다. 이 땅과 타협했다. 내가 그곳을 제대로 알고 있는 것인지, 단순히 겉으로 드러난 것에 혹한 것은 아닌지 불안했다.

그러나 고등학교 동창인 그녀는 나와 달랐다. 오랜만에 만난 선배는 주변 사람들의 근황을 이리저리 짚다가, 그 친구가 터키여행에서 돌아온 뒤 육 개월 간 주변을 정리하고 그곳으로 살러 떠났다고 알려주었다. 진중하고 묵직한 친구였다. 그녀는 그곳이 자기가 살아야 할 곳임을 알았다. 그리고 지금 그곳에서 무척 행복하다 했다. 그녀의 홈페이지에 가면 터키인 남자친구와 같이 찍은 사진을 볼 수 있다 했다. 많이 예뻐졌더라, 선배는 한 마디 덧붙였다.

그 얘기를 들은 첫 순간에 떠오른 감정은 질투였다. 내가 그곳에 있었어야 했다, 라는 생각. 용기 있는 자는 '미녀'만을 쟁취하는 것이 아니다. 용기 있는 자는 자신이 살고 싶은 방식대로 살고, 자신이 살고 싶은 곳에서 산다. 용기 있는 자는 자신이 무엇을 버려야 하는지 안다. 내가 첫눈에 반한 남자에게 구애할까 말까 망설이는 사이에, 그녀는 과감하게 짐을 지고 불로 뛰어들었다. 그리고 행복하단다. 이보다 더 좋을 수 있을까. 더 부러울 수 있을까.

많은 사람들이 여행을 떠났다가 집으로 돌아온다. 집으로 돌아오는 것은 당연하게 마련된 수순이다. 여행이란 지금의 삶에 생기를 부여해주기 위한 일종의 양념일 뿐, 여행에서 받은 약발은 순전히 이 땅에서 더 즐겁게 살기 위한 북돋움일 뿐, 이라고 생각한다면 그러한 여행도 나쁘지는 않으리라. 하지만 정말 그뿐인 것일까? 내게 이미 주어진 이곳이 아닌 다른 곳, 내가 태어났어야 할 땅을 찾아나서는 것, 그것이 여행의 숨겨진 또 다른 역할인 것은 아닐까?

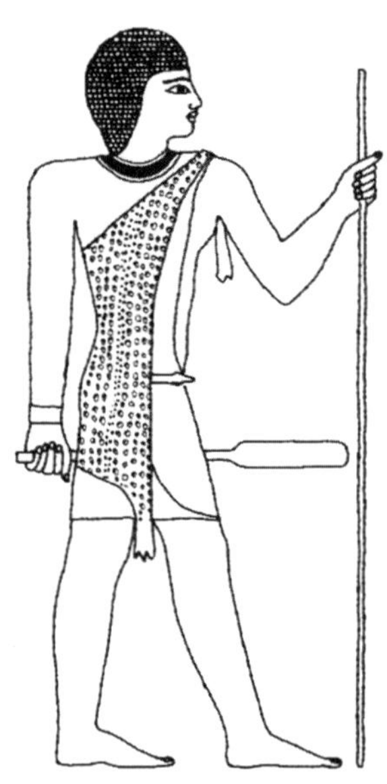

그녀가 일본에서 만났다는 나이 지긋한 일본의 여자들을 생각해본다. 그녀가 자신의 미래를 그들 위에 겹쳐보는 동안, 그녀들은 또 어떤 땅에서의 자신을 상상하고 있을까. 일본에서의 일상 위에 자신을 얹어두고 평화롭게 살아가는 그녀들도, 또 어딘가에 진정한 고향이 있으리라 기대하며 찾아 떠날 날이 있겠지. 그렇게 천천히 맞춰지는 조각그림으로 이 지구는 더 예뻐지고 더 다채로워지는 것이겠지. 나는 핏톨들처럼 자유롭게 제 갈 곳으로 떠나는 수많은 그녀들을 생각하면 간질간질해진다. 날 데려가줘, 라이너스의 담요를 벗겨줘, 라고 말하고 싶어진다. 진심으로 원한다면 그것을 할 수 있는 것은 나 스스로일 뿐이라는 것을 알면서도. 그 땅을 만나기 위해 내가 할 일은 오로지 "열어놓는 것"뿐이라는 것을 알면서도.

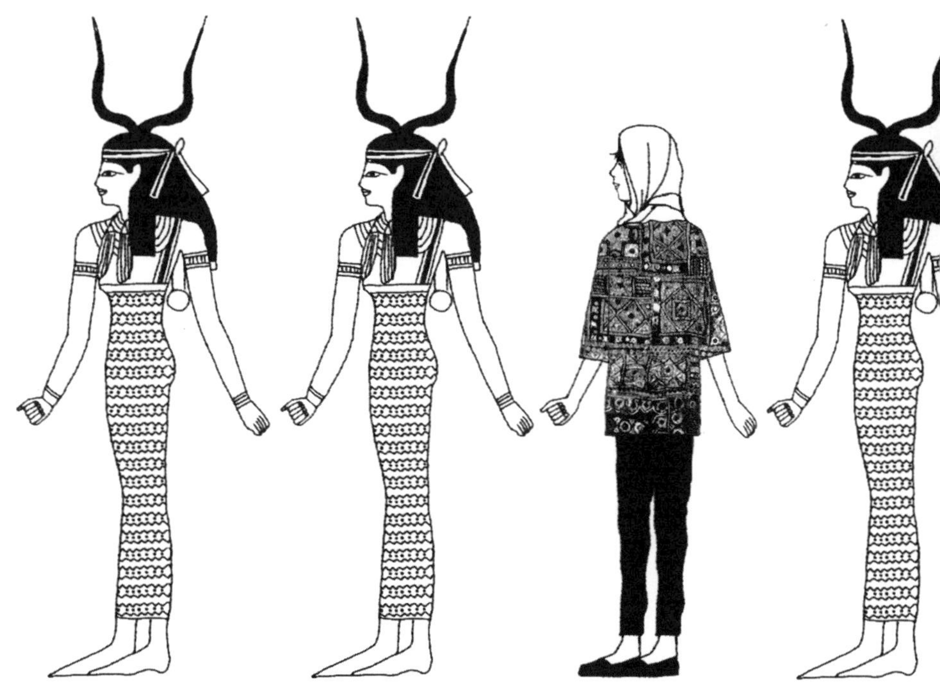

그곳엔
여자가 살고 있었네,
여행하는 여자가

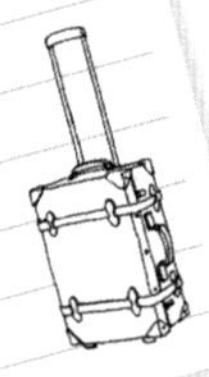

김용호의 사진집 《도시 그리고 여자》는 제목만큼이나
간명한 메시지를 전달한다. 그곳엔 여자가 살고 있었
다. 유라시아 대륙 20개국 31개의 도시를 단 3개월간
돌아다니며 찍은, 깊이 있다기보다 직관적인 사진들을
보면서 나는 그 땅의 여자들을 생각했다. 에펠탑의 교
각에서 코르셋을 연상하는 "남자의 상상력"에 100퍼센
트 교감하는 것은 아니지만, 그가 찍은 여자들과 나는
어디에선가 만난 적이 있다. 그녀의 눈빛을 보면 알지.
익숙한 각도로 굽은 어깨, 이쪽을 외면한 가늘게 뜬 눈
만 봐도 알지.

그의 사진집을 보면서 내가 보았던 여자들을 생각한다.
여자들. 한 손에 집 열쇠를 단단히 쥐고 람블라스 거리
를 재빠르게 걸어가는 여자들. 관광객들에게 차를 내
주고 바에 마른 걸레질을 하며 샹젤리제 거리를 내다보
는 여자들. 아침 여덟시 지하철 카페에 서서 맥주를 마
시는 여자들. 노브래지어 끈나시 차림으로 다리 난간
에 걸터앉아 담배를 피우는 여자들. 애인의 허리에 손
을 감고 쇼윈도를 바라보는 여자들. 오래 입어 익숙한
전통 복장을 입고서 내 쪽을 흥미롭게 건너다보는 여자
들. 여자들.

그녀들은 그곳에 살고 있다. 그리고 그녀들은 동시에 나와 함께 여행하고 있기도 하다. 내가 그 낯선 땅을 걸어갈 때, 길 위의 생활이 길어 낡은 형국을 한 나를 바라보는 그녀들의 친숙한 미소를 풍경 바라보듯 했던 때도 있었다. 하지만 그녀들은 풍경이기도 하고 풍경이 아니기도 하다. 그녀들은 '원주민'이지만, 또 한편 여행을 하다가 잠시 머물러 있을 뿐인 '여행자'들이기도 하다. 여행과 여행 사이에 집에 돌아와 숨을 돌리고 있을 뿐인, 여행자. 내가 그렇듯이. 아마도 우연히, 나는 서울의 우리집 근처 골목에서 큰 가방을 끌고 서성이는 그녀들을 만날 수도 있으리라. 그렇게 우리는 여행과 정주 사이에서 서로의 얼굴을 건너다볼 수 있으리라.

아프리카 케냐에는 "카렌의 집"이 있다. 카렌 블릭센은 1885년에 태어나 1914년부터 1931년까지 케냐의 나이로비에 머물며 여행했다. 아프리카에서 돌아온 후 2년 뒤 첫 소설집을 내면서 소설가로 이름을 남긴 그녀는, 몸에 각인된 아프리카의 이야기를 풀어내어 아프리카의 이미지가 되었다. 그녀가 태어난 곳은 덴마크였고, 그녀가 커피농장을 경영했던 땅은 아프리카였다. 두 땅 모두 그녀에게는 '집'이었지만 그녀는 그 두 집 모두에서 '여행자'이기도 했다.

그녀의 자유로운 시선은 딱 여행자의 그것이다. 스물여덟의 나이에 약혼자를 따라 아프리카로 건너가 커피농장을 경영하기 시작한 그녀는 아프리카야말로 자신을 위한 땅인 것을 알았지만, 온전히 그곳에 소속된 사람 또한 아니었다. 그녀는 그곳을 토착민처럼 사랑했고, 이국인처럼 바라보았다. 아프리카를 떠나기 전에 이미 몇몇 단편을 발표한 작가였지만, 그곳에서 돌아오고 나서야 비로소 '작가'가 되었다.

그녀가 이자크 디네센이라는 필명으로 쓴 자전적 소설 《아웃 오브 아프리카》는 영화가 되었고, 그녀의 집은 박물관이 되었다. 그녀가 여행하듯 살았던 응공언덕 아래의 땅은 그녀의 이름을 물려받아 "카렌"이 되었다. 그녀의 이름은 못 박혔지만, 지금 그곳에 그녀는 없다. 아이러니하게도 그녀의 집을 채우고 있는 것들 중 대부분은 카렌이 직접 사용했던 물건들이 아니라 영화의 소품들이라고 한다. 어찌 보면 당연하다. 그녀는 온몸을 다해 그곳에서 '살지' 않았으니까.

그녀의 다른 소설 《일곱 개의 고딕 이야기》를 보면 그녀의 여행가 기질이 좀 더 분명하게 드러난다. 그녀는 덴마크에도, 아프리카에도, 주저앉지 않았다. 그녀는 지역적 한계와 상식적 한계를 모두 깨면서 자유롭게 이야기를 풀어낸다. 성경, 천일야화, 북유럽의 전설, 동화, 아프리카의 설화 등 그녀에게 영향을 준 세계의 목소리가 속삭이며 울려나온다. 그녀는 덴마크와 아프리카를 오가며 살았지만, 그녀의 정신은 그보다 더 넓은 곳을 자유롭게 돌아다녔다.

카렌이 아프리카를 진정 아름답게 그릴 수 있었던 것은 그녀가 토착민이 아니었기 때문일 것이다. 여행자의 시선은 너무나 가까이 있기 때문에 보지 못하는 것을 가장 선명한 색깔로 보는 드문 기회를 갖게 한다. 우연히 방문한 땅의 근본적인 아름다움을 찾아내어 세계 사람들의 관심을 끌었던 또 한 명 있다. 헬레나 노르베리호지다. 그녀는 라다크를 발견함으로써 라다크의 미래와, 세계의 미래와, 자신의 미래를 바꾸었다.

《오래된 미래: 라다크로부터 배우다》라는 그녀의 작품은 이미 고전이다. 스웨덴 출신의 언어학자였던 그녀는 1975년 그 지역의 토속 언어를 연구하기 위해 라다크에 발을 디뎠다가 그곳에 16년간이나 머물게 된다. 그녀는 라다크 사람들에게 그곳에서 사는 것을 허락받은 최초의 외국인이었다. 그녀를 매혹시켰던 라다크의 공동체 문화와 철학은 서구 문명이 흘러들어오는 과정을 거치면서 극적으로 붕괴되었고, 그 과정을 온전히 지켜볼 수밖에 없었던 그

녀는 사회운동가로 변신하게 된다.

그녀가 물질적으로 풍요로운 나라에서 건너와 라다크의 빈약한 그러나 행복한 자급자족 체계에 큰 충격을 받은 것과 마찬가지로, 가난이 무엇인지조차 몰랐던 라다크인들은 돈을 펑펑 쓰는 유럽인을 만나면서 큰 충격을 받게 된다. 생명을 빼앗아 고기를 먹어야 한다면 많은 사람에게 음식을 줄 수 있는 커다란 동물을 잡는 게 낫다고 생각하는 이 소박한 사람들은, 제 사회의 미덕을 알지 못했고 알지 못한 채로 붕괴되어갔다. 헬레나의 시선이 없었다면 그들은 처음부터 끝까지 가난한 야만인 이상도 이하도 되지 못했을 것이다.

그녀가 처음 라다크에 왔던 해, "가난한 사람들이 사는 집을 보여 달라"라는 말에 당황한 표정으로 "여긴 가난한 사람들이 없어요"라고 답했던 라다크의 청년은 8년 후 관광객들에게 말한다. "당신들이 우리 라다크 사람들을 도와줄 수 있다면 얼마나 좋겠습니까. 우린 너무 가난합니다." 그러한 라다크의 변화를 지켜본 그녀의 적은 카메라와 돈과 알록달록한 싸구려 사탕 같은 선물로 무장한 "관광객"들이었다. 그들은 아마도 모르리라. 자신들이 라다크에 무엇을 가져다주었는지. 헬레나가 없었다면, 아마도 영원히.

출퇴근하는 길 걸어서 십 분. 기껏해야 대도시를 가로질러 반복되는 풍경들 속을 한 시간. 아프리카도 라다크도 아닌 곳에 사는 카렌도 헬레나도 아닌 여자들. 그러나, 그녀들은 모두 잠재적인 여행자들이다. 그녀들 몸속의 여행본능은 지금보다 더 먼 곳, 여태까지 갔던 어느 곳보다 더 먼 곳으로 가라고 속삭이고 있으리라. 하지만 몸이 어디 있는가보다 더 중요한 것은 주위를 어떠한 눈으로 볼 수 있는가 하는 문제이다. 라다크에 간 모든 사람이 헬레나가 되지 못하고, 아프리카에 간 모든 사람이 카렌이 되지 못하는 이유는, 제대로 된 여행자의 시선을 갖추지 못했기 때문일 테다. 낯설기 때문에 오히려 핵심에 더 가까이 다가갈 수 있는 시선. 이곳을 알기 때문에 저곳을 더 잘 알 수 있는 시선.

그러나 그 시선은 또한 오래오래 그 땅에 살 때 무르익을 수 있는 것일 것이다. 모든 여행자들이 한눈에 모든 것을 꿰뚫는 혜안을 가질 수는 없다. 가장 깊은 속으로 걸어 들어가 가장 낯설게 볼 수 있는 눈. 그리하여, 그녀들은 오래 머물렀다. 여행하고 있었다는 것을 잊을 만큼 오래. 모두들 그녀가 여행자라는 걸 잊을 만큼 오래. 하지만 머문다고 해서 여행자가 아닌 것은 아니다. 단지 아주 천천히 여행할 뿐인 것이다.

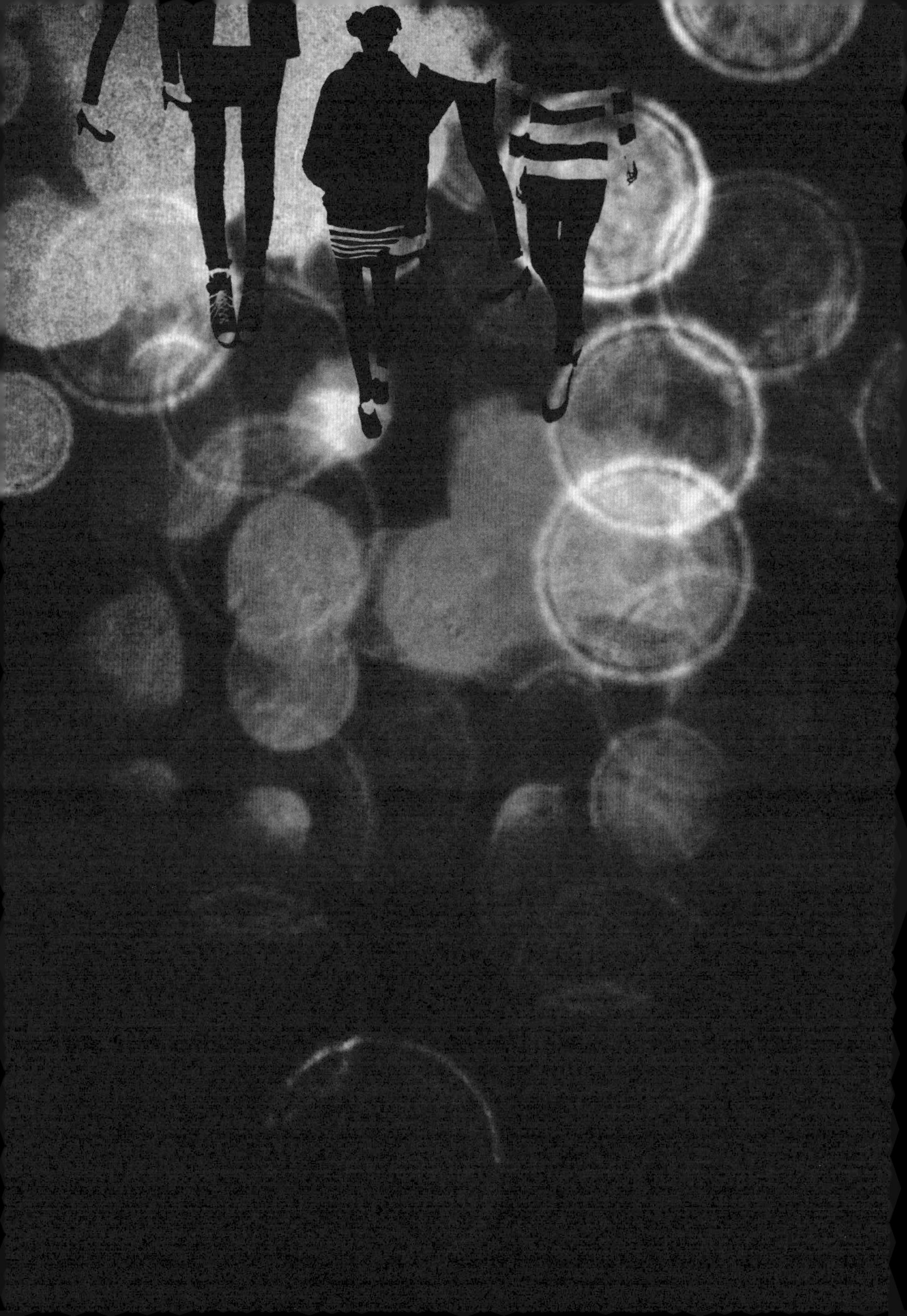

나 또한 이 도시를 여행하려 한다. 천천히. 아주 천천히. 꼼꼼히 되박음질 하듯이, 내가 태어나고 벗어나 살아본 적 없는 이 도시를 낯설게 바라보려 애쓴다. 카렌이 그랬듯이. 헬레나가 그랬듯이. 그리고 머나먼 나라의 여자들, 그곳에서 만났던 여자들의 시선을 떠올린다. 낯설고 먼 나라에서 온 나를 바라보면서 내가 살고 있는 나라로 건너오던 시선. 나를 보면서 내가 두고 온 집을 상상해보던 시선. 그곳에 살고 있으면서 이곳을 이해하려 애쓰던 시선. 그리고 이곳을 본 눈으로 다시 자신이 살고 있는 오래된 도시들을 낯설게 바라보려던 시선. 그곳에는 이곳처럼 여자들이 살고 있고, 나는 연어떼 무리처럼 여자들 사이를 여행한다. 여행한 적이, 있다.

네 번째 장

런던에서 샀던 도자기 고양이 밥 그릇은 또 어떤가.
조그만 고양이 조각까지 달려 있던 그 도자기 그릇은
금이야 옥이야, 깨질까 금갈까, 짐을 쌀 때마다
가장 안전한 자리에 모셔졌다. 트렁크가 함부로
던져질 때마다 심장이 뚝 떨어지는 것 같았다.
그렇듯, 사고나면 그 이후의 일정이 몽땅 그 물건을
'수행하는' 꼴이 되어버리는 쇼핑도 있다.
그래도 어쩌겠는가. 눈이 맞아버렸는데.

여행을 하려면
영어를
잘해야 하나요?

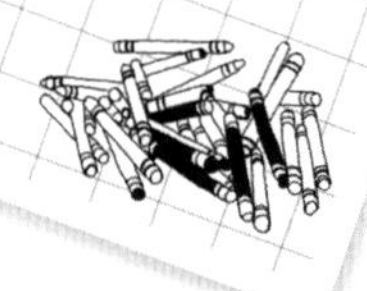

동사무소에서 일본어를 배우고 있다. 석 달에 육만 원의 저렴한 수강료에, 주부와 노인들이 대부분인 수강생의 나이대를 고려한 친절하기 이를 데 없는 강의까지, 모두 딱 마음에 든다. 일본어 능력 시험을 봐서 일본어 강사로 나설 것도 아니고 일본어로 책 쓸 일도 없으니, 소소한 수다에 적당한 문장들을 꼬깃꼬깃 머릿속에 집어넣으면 그만. 하지메마시떼로 시작해 오늘 날씨가 어떻느니 백화점 세일이 언제니 하는 얘기들을 꾸물꾸물 따라 읽고 있노라면, 일본의 백화점 지하 식품부에서 당일 할인하는 도시락을 사고 있는 내 모습이라든가 공원 벤치에 앉아 가벼운 수다를 떨고 있는 모습 따위가 자연히 떠오른다.

종종 가는 인터넷 여행 카페에 질문이 올라왔다. "영어 왕초보인데 여자 혼자 여행 괜찮을까요?"라는 심금을 울리는 제목이다. 대답은 대부분 할 수 있다, 겁먹지 말아라, 나도 하고 있다 등등 용기를 북돋워주는 멘트들이다. 물론 전제는 있다.

"대부분 예스 노로 충분히 대답할 수 있는 질문만 해요."

(일단 질문을 알아들어야.)

"정말 필요한 것들만 알고 있으면 충분히 가능해요."

(그러니까 그게 뭔데요?)

"걱정 마세요. 우리 같은 사람도 살아남아야죠."

(살아남으려고 여쭤보는 건데요.)

영어의 실력은 천차만별이고, 사람들이 "영어를 못한다"라고 할 때 이해하는 수준도 천차만별이므로, 굉장히 절실한 질문임에도 불구하고 우문에 우답일 수 있겠다.

영어를 전혀 못 하다시피 하는 입장에서 말을 하자면, "영어를 못해도 여행할 수 있어요"라는 여행선배들의 말은 반은 맞고 반은 틀렸다. 세계 공통어니 어쩌니 해도 영어 못 하는 나라 많다. 안 하는 나라도 많다. 스페인에 가서 영어로 뭔가 물어볼라치면 "아니 넌 왜 남의 나라에 와서 남의 나라 말로 묻냐?"라는 공격을 받기도 한다. 체코에 가서 "난 체코어를 못 해요" 해보라. 고심하던 사람들은 독일어로 말을 걸어올 것이다. 일본에 가서 영어를 쓰면 친절한 표정의 일본인들이 슬슬 피한다. 처음 태국에 갔을 때 영어를 못하는 나는 영어를 못하는 러시아인과 영어를 못하는 태국 바텐더 앞에서 신나게 수다를 떨었더랬다. 그래서 어떤 언어를 썼냐고 묻는다면, 글쎄, 대답하기 어렵다. 사실은 서로가 서로의 말을 이해했는지도 확인할 수 없었는걸 뭐.

그래도 기차는 탈 수 있고, 그래도 숙소는 예약할 수 있고, 그래도 입장권은 끊을 수 있다. 여행 출발하기 전 인터넷으로 온갖 '지식인'들의 조언을 받으며 꼼꼼히 예약하면 되니까. 가장 좋은 것은 영어 잘하는 동행에게 찰싹 붙어 있는 것이고 내가 선택한 방법은 바로 그것이지만, 그렇지 않더라도 방법은 없지 않다. 출발하기 전에 정보만 잘 챙기면 된단다. 누군가에게 뭔가를 물어봐야 되는 사태가 생기지 않으려면 준비는 철저할수록 좋다. 눈치가 빠르다면 좀 더 도움이 될 것이다. 지중해에서 돌아오다 프랑크푸르트 공항에서 비행기를 갈아타려고 잠시 머물렀을 때, 우리 일행들은 시내에 나가서 맥주 한잔 하고 돌아오자 했다. 그런데 공항에서 나가려니, 즉 '입국'하려니 심사대의 질문이 까다롭다. 내 일행 중 앞선 이는 기나긴 질문의 행렬에 쩔쩔 맨다. 그 바로 다음 순서가 나였는데, 그가 나에게 뭔가를 질문하려 하자 나는 앞선 일행을 가리키며 "세임" 한마디 했다. 그랬더니 아무것도 물어보지 않더라. 여행을 다니면 언어는 잘 느는지 모르겠지만, 적어도 보디랭귀지는 는다. 뭐라도 는다는 건 좋은 일이겠지.

영어를 못하면 여행하면서 좀 부끄럽긴 하다. 기본적인 의사소통에 문제가 있으니 무력한 어린아이가 된 느낌이다. 상대방 또한 비슷한 느낌을 받는 모양이다. 영어를 못한다는 그 이유만으로 어린아이 취급을 받은 일이 적지 않다. 터키 파묵칼레에 갔을 때 그랬다. 석회 언덕이 상할까봐 방문자들에게 신발 벗고 올라가라 하는데 더운 날씨에 온천의 열기에 발바닥까지 아프자 짜증이 해일처럼 밀려왔다. 제대로 걷지도 못하고 울상을 하고 있자 관리자가 다가왔다. 아프다는 것도 변변히 설명하지 못하고 "아야, 아야"만 연발하는 내게 그는 "아야 아야 하니 너는 신발 신고 가라"며 직접 신발을 신겨주고 심지어 볼에 뽀뽀까지 해주었다. 딱 어린 여자아이에게 할법한 행동이었다. 당시 나이 서른인 내게.

베트남 메콩강에서도 공주나 바보에게 할법한 극진한 대우를 받았다. 배에 타려다가 주르륵 빠져 흙탕물에 무릎까지 잠긴 나를 건져낸 가이드는, 날 옆에 따로 데려다놓고 다른 사람들을 모두 보낸 뒤 나만 친히 모시듯 배에 태워 갔다. 내가 혼자 돌아다닐 수 있다는 걸 못 믿는 눈치가 역력했다. 내 지인은 영어를 못했더니 사람들이 툭하면 "너 배고프니?"라고 묻는다며 의아해했다. 여권을 잃어버린 사고를 당한 뒤 불친절한 여자 경찰에게 안 되는 영어로 버벅거리며 문제가 일어났다는 것을 설명했더니 대뜸 "너 배고프니?"라고 묻더란다. 길 잃은 어린아이 대하듯.

영어를 모국어로 쓰지 않는 나라들일수록 아이러니하게도 영어 못하는 것을 약점이라 생각한다. 터키에서 만난 남자는 내게 "영어를 왜 못하니?"라고 물은 뒤 "게을러서겠지"라며 비웃었다. 체코에서 만난 남자는 황당하고 어이없다는 듯이 "영어를 못한다는 게 말이 되냐?"라며 따져 물었다. 옆에 있던 체코 사람이 "그러는 너는 한국어 못하잖아"라고 일침을 놓지 않았더라면, 영어 한마디 못 하는 나는 입 꾹 다물고 그렁그렁 했을 뿐이겠지. 영어를 일상어로 쓰는 뉴욕에서는 오히려 영어를 못한다는 것을 약점이라 생각하지 않고 내 특징이라고 너그럽게 받아들인다. "나 영어 못해"라고 하면 "응 그래, 괜찮아. 알았어(그들은 이 표현을 OK,라는 아주 짧은 말로 표현한다)"라며 흔연히 받아준다. 그러고 나서도 영어로 말을 거는 걸 보면 영어를 못한다는 게 무엇인지 완벽하게 이해하고 있는 것 같지는 않지만.

영어를 못한다는 건 약점 맞다. 문제가 생길 일이 많고, 문제가 생겨도 따져서 내 권리를 주장하지 못하고, 간편한 문제를 복잡하게 풀어야 할 때도 많다. 당연한 듯 부끄럽다. 그렇지만 정작 따져보자. 부끄러워할 일인가? 그 터키 남자의 말대로 내가 영어를 못하는 게 게을러서라고 치자(가 아니라 사실이다). 그래서 뭐? 내가 그의 고객이라면 그는 내 돈을 바라보며 어떻게든 내가 알아듣도록 쉬운 영어를 구사했을 것이다. 터키 파샤방의 한 기념품 가게의 점원이 내게 "당신은 무척이나 아름답습니다"라는 한국말을 완벽하고 정중하게 구사한 것이나 그랜드 바자르의 상인이 "행님, 누님" 하며 우리를 불러댔던 것은, 사실 영어가 문제가 아니라는 것을 직접적으로 말해준다. 돈은 언어 위에 있다.

문제는 다른 데 있다. 여행이란 게 기차 타고 밤에 낯선 곳에서 잠자고 낮에 미술관 돌고 밤에 공연 보면 그걸로 끝인가? 남자들은 그거면 됐지, 라고 말할지도 모르겠다. 아니면 밤에 한국 여행자들과 모여서 술 한잔하거나. 하지만 여자들은 다르다. 여자들은 수다를 떨어야 여행이 완성된다. 그게 누구든. 그 수다의 대상이 현지인이라면 더더욱 완벽한 여행이 되겠지.

마사 와인먼 리어는 기억력에 대한 온갖 이야기를 모아놓은 《안녕하세요, 기억력》에서 여자의 특성을 말한다. 수많은 심리학 테스트 결과에 따르면, 평균적으로 남성은 수학, 기계학, 물리학, 즉 시스템을 이해하는 분야에서 뛰어나다는 걸 보여주는 반면 여자들은 평균적으로 언어와 의사 전달, 사교, 정서적 수용, 사람에 대한 이해가 더 우수하다고 한다. 그것을 다시 말한다면, 남자들이 기차 시간표에 코 박고 있는 시간을 좋아하는 반면 여자들은 역장과 수다 떠는 시간을 더 소중하게 생각한다고 할 수 있을 것이다.

심리학자 베런 코헨 박사의 연구팀은 우선 한 살짜리 아이들에게 두 개의 영상을 보여주었다. 사람 얼굴과 자동차. 남자아이들은 자동차를 훨씬 더 오래 쳐다본 반면, 여자아이들은 얼굴에 더 많은 관심을 보였다 한다. 이 연구팀은 좀 더 연구를 밀고 나가 백 명 이상의 아기들에게 같은 실험을 하는데, 실험 결과는 마찬가지였다. 그 아기들은 놀랍게도 태어난 지 하루 된 갓난아기들이었다. 베런 코헨 박사는 그 원인을 테스토스테론이라는 호르몬에서 찾았다. 어느 쪽이 달걀이고 어느 쪽이 닭인지는 모르지만, 석기시대 원시인들을 생각해보면 그러한 능력의 분화가 어느 정도 이해가 된다. 사냥을 떠난 남자들에게는 이정표에 대한 기억이, 마을에 남아 이웃과 어울려 아이를 돌보아야 했던 여자들에게는 얼굴에 대한 기억이 더 중요했을 것이다.

여행에서 정서적인 교감은 굉장히 중요한 요소다. 그것이 없다면 수박의 겉만 핥다 왔다는 느낌을 지울 수 없을 것이다. 여자들은 여행지에서 해야 할 게 많다. 길도 물어봐야 하고, 장도 봐야 하고, 숙소 여주인의 신세한탄도 들어줘야 하고, 동네의 흥미진진한 소문에도 귀 기울여야 한다. 맛있는 집 정보도 얻어야 하고, 맛있는 집에서 맛있는 밥을 먹은 뒤 레시피도 얻어야 한다. 가게 아줌마를 꼬셔서 덤도 하나 얻어야 하고, 멋진 공연을 한 배우와 사진을 찍으면서 입에 침이 마르게 칭찬도 해줘야 하고, 또, 또, 또. 그러한 멋진 일정들은 남녀를 불문하고 모두에게 깊은 인상으로 남겠지만, 그중에서도 여자에게는 꼭 필요한 여행의 과정일 것이다.

그러니 영어를 못하면 여행이 완성될 수 있을까? 꼭 영어여야 할 필요는 없겠지만, 여행 가는 현지의 언어를 안다는 것은 무궁무진한 보물의 바다로 풍덩 뛰어드는 것과 같다. 가능하다면 그리스에서는 그리스어를, 체코에서는 체코어를, 태국에서는 태국어를 하는 게 좋겠지만, 할 수 없다면 인사말 정도만이라도 외워갈 일이다. 모든 것은 인사에서 시작하니까.

소설 《페리고르의 중매쟁이》를 쓴 줄리아 스튜어트는 영국 토박이다. 그런데 그녀가 처음 쓴 소설은 프랑스의 페리고르 지방을 배경으로 하고 있다. 남자친구의 친척이 살고 있어 그곳에 종종 놀러갔던 그녀는 이 소설을 구상하고 아예 그곳에 머물면서 이 소설을 썼다. 빵집 주인과 수다를 떨다가 그의 정맥류 이야기를 소설에 넣기도 하고, 밀푀유 안에 편지를 넣으면 다 젖을 거라는 제빵사 아내의 조언을 힌트 삼아 소설 속의 사건들을 보강했다. 온갖 소소한 일화들이 현지 주민들과의 수다를 통해 건져졌다. 오리털을 뽑기 전에는 다림질을 한다는 기괴한 팁도 있었고, 교회 성수반에 오줌을 눈다는 은밀한 고백도 있었다. 그녀가 그 지역 말에 서투른 반벙어리였다면, 그 많은 이야기는 어디로 갔을까. 흘러다니다가 공기 중으로 기화되었겠지.

예전에도 일어를 배운 적은 있었다. 한 삼 개월쯤, 새로 생긴 학원의 '주부반'에(시간이 맞는 게 없어서 할 수 없었다) 등록해서 일어를 배웠다. 히라가나까지는 외웠지만 가타카나는 못 외웠던 어정쩡한 단계에서 나는 일본여행을 떠났다. 처음 갔을 때와는 다르리라, 더 많은 사람들과 얘기를 나눌 수 있으리라, 생각했으나 사실, 수다를 떨 정도의 수준은 못 되었다. 머릿속에서 잔뜩 궁리하여 한 마디 문장을 만들어 던진 뒤, 그 뒤를 따라오는 수백 마디의 말들에 숨 못 쉬는 순간들이었다.

그래도 재밌었다. 사람들은 친근한 표정으로 내 어눌한 다음 말들에 흥미진진하게 귀를 기울였다. 제대로 말하기는 한 건지 지금도 확인할 수는 없지만, 적어도 내가 그들과 대화를 나누려고 노력했고 그 노력을 그들이 알아줬다는 건 서로에게 퐁퐁 솟아나는 호감으로 확인할 수 있었다. 그녀들은 웃으며 내 어깨를 두드리고 봐봐, 라며 손짓 발짓으로 말하고 싶어하는 바를 표현했다. 유치원의 포크댄스 같은 유쾌한 대화의 시간이었다.

얼마 전 내가 취미로 추고 있는 춤인 스윙댄스 계의 세계적 챔피언들이 한국에 왔더랬다. 이탈리아에서, 멕시코에서, 미국에서 온 여덟 명의 댄서들은 굉장한 춤 실력과 쇼맨십으로 사람들을 사로잡았는데, 그중에서도 압도적인 귀여움을 받았던 이는 미국에서 온 마이키였다. 작은 키에 오동통한 마이키의 귀여움은 동물적인 체형과 반짝이는 눈에서도 기인하는 것이었지만, 무엇보다 한국말을 곧잘 따라 하는 영리함이 제일 눈길을 끌었다. "킹왕짱, 마이키"라며 스스로를 향해 엄지를 추켜 보이는 동작에서는 모두가 자지러졌다.

언어는 벽이다. 누구보다 영어를 못하는 사람으로서 절절하게 인정한다. 하지만 벽을 넘으려는 노력은, 어떤 형태로든 빛나게 마련이다. "영어를 못하면 여행을 가지 마라" 혹은 "영어를 못하면 여행을 할 수 없다"라고 말하려는 게 아니다. 영어 말고도 다양한 커뮤니케이션 방법이 있다. 어디든 사람 사는 곳이니까. '반갑습니다', '고맙습니다', '미안합니다', '안녕히 계세요', 이 네 가지만 현지 언어로 말해도 기쁨과 친근함에 활짝 웃는 사람들로 가득 차 있으니까. 심지어 요즘에는 영어사전이나 번역기도 잘 나오지 않는가. 조금 천천히, 더 꼼꼼히 가면 된다. 그리고 사실 그러다 보면 영어 실력도 조금, 아주 조금은 는다.

그래도 여행이 여행다우려면, 여행에 흠뻑 취하려면, 외국어에 관심을 기울일 필요는 있겠다. 그들의 말을 좀 더 잘 알아듣기 위해, 내 말을 좀 더 잘 전달하기 위해. 그래서 나도 열심히 이런저런 언어에 집적대고 있는 중이다. 안되는 영어도 들여다보고, 얘기했다시피 일어도 시도만은 꾸준히 하고 있다. 한때는 에스페란토를 진지하게 잡아보기도 했다. 그런데 왜 나는 다른 언어를 배우는 데엔 영 재능이 없을까. 내 생각에는 사람 얼굴을 기억하지 못하는 심각한 장애와 아무래도 밀접한 관련이 있는 것 같다. 사람 얼굴을 제대로 기억하지 못해 수많은 사람들에게 결례를 저지른 일들을 떠올리면, 난 아무래도 여자의 뇌가 아닌가 싶어 한숨이 나온다. 그렇지만 시스템에 해박한 남자의 뇌와도 또 거리가 있으니, 나의 뇌는 남자와 여자의 뇌 그 사이 어디쯤을 여행하고 있는 모양이다.

한 가지 분명한 것은,
여행을 다녀오면 정말 영어를
너무너무너무너무 잘하고 싶어진다는 것이다.

아무리 영어 좀 못하는 것쯤이야! 라며 당당히 다녔어도
돌아올 때는 반밖에 못 건진 듯 억울하기 마련이다.

이글이글 불타오르며 귀국하는 그대들이여,
세탁기에 빨래를 집어넣기 전에
일단 영어수업부터 알아보라.

그토록 급하게 서둘러도
곧 시들해지는 게 영어공부욕이니,
필요성을 절절히 느꼈을 때 한시라도 빨리 시도해볼 일이다.

그런 의미에서 영어를 못하는 그녀에게는
꼭, 반드시, 여행을 떠나라고 답글 달아주고 싶다.

준비만 잘 한다면 여행에서 죽지는 않을 거고,
이번 여행에서 살아 돌아오기만 하면
그 다음 여행은 조금 더 쉬워질 테니까.

여행자와 돈

여행에 관한 책을 한 권 내고 어쭙잖게 사인회를 한 적이 있다. 책을 중심에 둔 페스티벌의 한가운데라 흥청망청한 분위기 덕분에 다행히 쓸쓸하지는 않았다. 대부분의 독자들은 꽤나 호의적이었으나, 너무나 당연하게도 그런 분만 있는 것은 아니었다. 한 아주머니는 냉소를 가득 담아 물었다. "무슨 돈으로 여행을 다녀요?" 짧은 한마디였지만 그 안에는 많은 의미가 담겨 있을 터였다.

어쨌든 여행에 들어가는 돈은 일상생활 외적인 것이다. '돈'은 무엇보다 우선순위에 민감하다. 첫째가 생활비이고, 남으면 간신히 여행을 떠올릴법하지만 한번 떠나는 데 드는 돈이 적지 않기 때문에 뒤로 밀리기 마련이다. 게다가 사람들은 대부분이 늘 쪼들린다. 월급날이 와도 "월급이란 통장을 스쳐 지나가는 숫자일 뿐"이라며 팔짱 끼고 자조하기 십상이다. 그런데 여행이라고? 무슨 돈으로? 그러니, 툭하면 여행을 떠나는 이들이란 갑부집 자식들이거나 눈먼 돈을 챙긴 이들일 테다. 여튼 곱게 보게 되지 않는 것이다.

여행의 모든 고민은 '돈'과 밀접하게 엮여 있다. 여행을 결정하기 전 떠날 것인가 말 것인가 하는 고민 자체도 크지만, 그 안에는 끝도 없이 겹쳐 있는 마트료시카 인형처럼 자디잔 고민과 질문들이 담겨 있다. 여행의 모든 순간들은 '돈을 쓸 것인가 말 것인가'로 점철된다. 무엇을 탈 것인가, 어디에 묵을 것인가, 무엇을 먹을 것인가, 무엇을 살 것인가, 무엇을 볼 것인가. 그 모든 결정들이 돈 하나로 이루어진다고 할 수는 없지만, 돈이라는 게 만만찮은 결정 요소임은 틀림이 없다. 알찬 전시물로 유명하지만 입장료가 비싼 미술관과, 그럭저럭 괜찮은 컬렉션에 그럭저럭 감당할 만한 입장료의 미술관이 경합이 붙는다면 우리는 어떤 결정을 내릴 것인가? 그래도 여행을 왔으니 맛있는 걸 먹어야 할까? 아니면 일단 예산 안에서 끼니를 때우는 데 주력할 것인가? 노숙을 하면 숙박비를 아낄 수 있지만, 그렇게 해서 컨디션이 나빠져 제대로 여행을 할 수 없다면 오히려 손해 아닐까?

여행이 '압축된 삶'이라면, 그것은 말 그대로 쪼개고 쪼개 쓰며 사는 삶이다. 일상에서도 지출에 대한 고민은 있겠지만 여행하면서만큼 사소한 데서 치열하게 하지는 않을 것이다. 한겨울에 런던 한복판 카페 앞 공원에 앉아 스콘과 홍차 세트를 먹을 것인가 말 것인가를 두고 두 시간 넘게 동료와 진지하게 토론했던 경험은, 지금 와 생각하면 우습지만 그때 당시로는 결코 웃어넘길 일이 아니었다. "영국에서 티타임이 갖는 의미"와 "쓸데없는 지출에 대한 경계" 사이에서 제법 그럴듯해 보이는 말들을 치열하게 주고받던 우리는, 결국 스콘을 베어 먹으며 바보같이 배시시 웃었더랬다. 비싼 비행기 값 내가며 와놓고 입장료가 아깝다고 볼 것 못 보고 살 것 못 사고 돌아오는 바보 같은 짓은 싫지만, 그래도 없는 돈에 과감한 지출도 한계가 있다. 여행을 한다는 것은, 그 한계가 어디일지 끊임없이 쿡쿡 찔러보는 짓의 연속일 테다.

그러니 열심히 정보를 수집할밖에. 어느 미술관은 무슨 요일 몇 시부터 공짜 입장이라더라. 어디어디 벼룩시장에 가면 싸게 좋은 물건을 살 수 있다더라. 어디서 무슨 쿠폰을 얻으면 뭐가 할인이라더라. 어떠어떠한 패키지상품을 사면 얼마는 절약할 수 있다더라. 어느 백화점은 언제부터가 세일이라더라. 어느 지역 숙소는 중심가에서는 멀지만 꽤 값이 싸더라더라 운운운. 하지만 그 모든 정보들은 수많은 사람들과 공유하는 것. 공짜 입장이라는 날에 맞춰 뉴욕 구겐하임 미술관에 갔다가 한꺼번에 몰려든 사람들 뒤통수만 바라보고 오는 일은 특이할 것도 없다. 차라리 돈을 내자 싶어져도 빠듯한 일정에 두 번 오기 쉽지 않으니, 여행하며 돈을 아낀다는 것은 일상보다 더 치열한 선택의 문제가 된다.

체력 하나는 자신 있다, 그렇다면 아낄 수 있는 여지는 넓어진다. 조금 불편한 차편을 선택해도 괜찮고 싼 숙소를 골라도 걱정할 일이 없다. 하지만 컨디션 조절이 여행에 있어 결정적인 사람이라면 기본적인 것에 투자를 해야 한다는 것을 절실하게 느낄 것이다. 필요한 모든 것을 가득 싸서 간다면 생활비는 절약할 수 있겠지만, 그만큼 이고지고 다녀야 할 짐이 많아진다. 가능한 한 현지에서 해결하자니, 뭐 하나를 사더라도 돈이다. 이 고해의 바다를 어쩔 것인가.

꼭 써야 할 돈을 제쳐두더라도 고민은 이어진다. 현지의 문화는 팁을 주는 거라던데, 팁을 안 주면 어떻게 될까? 준다면 얼마나 줘야 할까? 입장료 대신에 잔돈 몇 푼을 기부금이라고 내도 입장은 할 수 있다는데, 사회적 체면도 있는데 도대체 얼마를 내는 게 좋을까? 쇼핑은 즐거운데 예산은 한정되어 있으니, 좀 깎아달라고 해도 될까?

그중에서 제일 미묘한 문제는 역시 기부금이다. 지난 뉴욕여행 때, 공짜라 하여 브루클린 프로스펙트 공원의 공연을 보러 갔다. 기본적인 기부금만 내고 들어갔는데, 공연은 미칠 듯 환상적이었다. "가격 대비 성능" 게이지를 측정하려면 측정기가 폭발할 지경이었다. 이 값에 이런 공연을 보다니! 행복한 기분으로 나오는데, 사람들이 기부금 함에 추가로 돈을 넣고 있는 것이 보였다. 그토록 좋은 공연을 보았으니 당연히 그 값만큼 내겠다는 '문화 시민'의 자연스러운 행동이었다.

부럽고 부끄러웠다. 여행자의 입장은 많은 것을 합리화시켜 준다. 여행자는 좀 짜게 굴어도 된다. 여행자는 공짜를 밝혀도 된다. 거리의 악사에게 아무리 감동했더라도 돈을 줄 필요는 없다. 그 돈이면 핫도그 하나를 더 사먹을 수 있잖아. 여행자가 현지 언어 중에서 가장 먼저 배우는 말이 "깎아주세요"더라도 하등 부끄러워할 필요 없다. 왜냐하면 여행자니까.

하지만 정말 그럴까? 여행자는 그곳에 대한 책임이 하나도 없으니까, 자기 한 몸만 건사하면 되니까, 무조건 자기중심적으로 생각하고 계산해도 될까? 돈 펑펑 써대는 '봉'이 되는 것도 싫지만 정당한 대가조차 내기 꺼리는 뻔뻔스러운 종족이 되는 것도 싫다. 그리하여 돈의 문제는 더 복잡해지고 더 확장된다.

최근 사람들이 관심을 갖는 것은 공정한 여행이다. 현지 사람들과의 교류를 중점에 두고 있는데, 그 핵심은 '현명한 소비'다. 현명하다는 것은 무엇일까? 무조건 더 싸게 더 많은 것을 사는 '합리적인 소비'가 아니라, 그곳 현지 사람들에게 혜택이 돌아가는 '착한 소비'를 그들은 현명하다 한다. 거대 자본의 다국적 체인점을 거부하고 현지 사람들이 운영하는 작은 가게를 이용하는 것을 권장한다. 팁도 적극적으로 주라 권한다. 저임금에 시달리는 노동자들에게 직접 현금을 건네자는 취지다. 당연히, 노동자들에게 제대로 된 임금을 제공하는 여행사나 기업들을 선호한다. 조금쯤 바가지를 쓰더라도 너그럽게 이해하고, 지나치게 값을 깎으려 하지 않는다. 지구와 환경을 위하는 것에도 공정한 여행은 관심을 가진다. 일회용품을 쓰지 않고 대중교통을 이용하며, 쓰레기를 최대한 적게 만들어낸다. 자원을 낭비하지 않으려 노력한다. 경비를 아끼는 것은 꼭 필요하지만 아끼는 것만이 능사는 아니다. 기왕 쓰는 돈이라면 그 돈이 어디로 가는지 똑똑히 보라. 그리하여 여행은 좀 더 뜻깊어진다.

사실 말이 쉽지, 여행을 하면서 그 모든 것을 챙기기란 쉽지 않다. 앙코르와트에 갔을 때 우리의 가장 큰 고민은 "어린아이들에게 물건을 사야 할 것인가"였다. 아이들에게 물건을 사면, 그 아이들의 당장의 끼니는 해결될지 모르지만 그 때문에 아이가 더욱 노동현장으로 내몰리는 것이라는 말을 들었다. 아이가 팔면 물건이 팔리니 부모들이 아이를 학교에 보내지 않고 자꾸 길거리로 내몬다는 것이다. 그렇지만 또 생각해보면 눈앞의 한 끼란 얼마나 소중한 것이냐. 매번 망설이던 우리가 가장 큰 고민에 빠졌던 건 마지막 날이었다. 원 달러, 라며 내민 책이 너무 탐낼 만한 것이었다. 이 가격이면 기념품 가게에서는 살 수 없는데. 결국 돌아섰지만, 아직도 내가 잘 한 것이었는지에 대한 자신은 없다.

당연하게도 여행지에서의 고민은 돌아와서 우리를 기다리고 있는 일상생활에도 마찬가지로 적용된다. 여행을 잘 한다는 것은 돈을 '잘' 쓴다는 것이라는 자명한 원리는 일상에 돌아와서도 진리가 된다. 여행지에서 일부러 피했던 다국적 체인점과 대형 마트를 여기서는 아무렇지도 않게 들락거릴 수 있을까? 현지인의 입장을 살피며 여행하고 돌아와서는, 바로 이곳의 현지인인 나를 돌아보지 않는 것만큼 바보 같은 일도 있을까? 돈을 잘 쓴다는 것은 '나'와 '우리'와 '바로 이곳'을 조화롭게 만드는 것이라는 것을 우리는 여행을 떠나 배운다. 결국 우리는 살고 있는 이곳에서조차, 지구라는 별을 잠시 빌린 여행자라는 것을 깨닫게 되는 것이다.

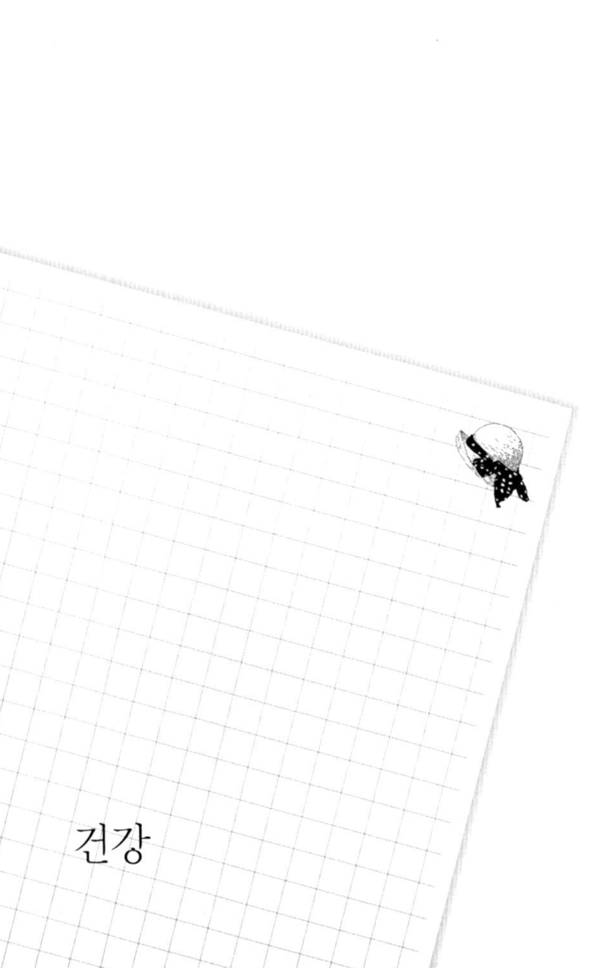

건강

여행을 많이 다닌 여행선배들이 한결같이 해주는 조언이 있다. 한 살이라도 젊을 때 멀리 나가라는 것이다. 멀리 가는 여행에는 체력이 필수적이다. 스무 시간씩 비행기를 탄다든지, 배낭을 메고 사막을 건너야 한다든지, 장기간의 버스여행을 해야 한다든지. 물론 체력을 많이 소모해야 하는 여행이라 해도 체력이 없는 사람이 못 가란 법은 없다. 체력 대신에 돈을 아주 많이 들이면 가능하다. 그렇지만 생각해보라. 그 돈을 버느라 떠나지 못하다가 나이 들어 돈 싸짊어지고 여행 가는 것보다, 체력이 남아 있을 때 가는 게 더 효율적이지 않겠는가.

사실 범죄의 위험보다 더 실질적이고 직접적인 문제는 건강이다. 나는 타고난 건강체야, 어디 가서든 잘 견딜 수 있어, 자부하는 사람이라도 여행지에서의 일까지 장담할 것은 못 된다. 내 친구 또한 평소에 건강에 문제가 있었던 것은 아니다. 라오스의 시골 마을에 갔던 그녀는 개천에서 천진난만하게 놀고 있는 아이들의 사진을 몇 장 찍다가 어느 틈엔가 그들 사이에 어울렸다. 물에 뛰어들어 찬연한 여름날을 아이들과 놀았던 것은 좋은 추억이 되었으나, 사실 더 좋은 (?) 추억은 그 밤에 이루어졌다. 자다가 가려워 눈을 떠보니 온몸이 발진투성이가 되어 있었던 것.

깜짝 놀라 횡설수설하며 병원을 찾는 그녀를, 게스트하우스의 주인은 한참 쳐다보더니 어디론가 끌고 갔다. 원체 시골이라 병원을 찾기는 어려울 거라고 생각했지만 그래도 일말의 희망을 품고 따라갔는데, 도착한 곳은 허름한 구멍가게였다. 구멍가게 아주머니는 알아들을 수 없는 말을 하더니 내미는 게, '호랑이 연고'다. 그 정도로 가라앉을 게 아니라고요! 그녀의 항의를 들은 사람들은 또다시 그녀를 어둡고 험한 길로 데려갔다. 마을의 끝 집에서 그녀를 맞이한 것은, '무당'이었다. 굿이라도 한 판 할 태세라 결국 그녀는 도망치듯 나와야 했다.

상비약의 필요성에 대해서는 모두들 누누이 말한다. 하지만 상비약으로 해결할 수 없는 문제들도 생기기 마련이다. 그녀는 결국 삼 일 동안 보트를 타고 내려가 병원을 찾았으나 그때쯤 이미 자연치유되어 있었다고 한다. 그녀는 이 소동을 통해 한 가지 교훈을 얻었다고 말했다. 건강 문제만큼은 분명한 원칙을 지켜야 한다는 것. 그녀의 원칙 속에, "물에는 뛰어들지 않는다" 항목이 추가되었는지 궁금하다.

그렇듯 다짐했건만 그녀가 원래 계획 기간이었던 육 개월을 다 못 채우고 도중 하차하게 된 것 또한 건강 문제 때문이었다. 동남아를 거쳐 중국으로 들어가는 의기양양한 코스였는데, 아쉽게도 삼 개월 만에 그녀의 대장정은 막을 내리고 만다. 캄보디아에서 제대로 쓰러져버린 것이다.

앙코르와트를 둘러볼 수 있는 방법은 여러 가지가 있다. 툭툭이라고 부르는, 오토바이에 수레를 단 형태의 간단한 운송기구를 대여하거나, 택시를 빌리기도 한다. 오토바이만 빌려서 타는 방법도 있다. 그런데 그녀는 자신의 건강에 너무 자만한 나머지 '자전거'를 선택했다. 열대의 캄보디아를, 대낮에, 비포장도로를, 자전거를 타고 달려가는 그녀. 결국 제대로 일사병에 걸려버렸다. 그녀는 숙소의 차가운 타일 바닥 위에 하루 온종일 누워 천장을 바라보고 있다가, 이제 집으로 돌아가야 할 때라고 결론 내렸다고 한다. 여행은 그렇게 아쉽게 끝났다.

그녀의 이야기를 들으며 내 경우를 되짚어본다. 딱히 건강체라고 자부하지는 않아도 큰 문제를 일으킨 적은 없다. 추운 체코에서 콧물을 훌쩍훌쩍 달고, 스팀난방 때문에 건조해져서 온통 일어난 피부를 벅벅벅 긁으며 다닌 적은 있지만 보디로션 한 통으로 얼추 해결할 수 있었다. 늘 여행경비가 싼 비수기를 택해 돌아다니는지라 추운 바람 맞다 감기 걸릴 위험에 처하곤 했지만, 막상 감기에 걸린 것은 여행을 떠나지 않은 해의 겨울이었다. 적당한 긴장은 큰 병을 피하게 하나보다.

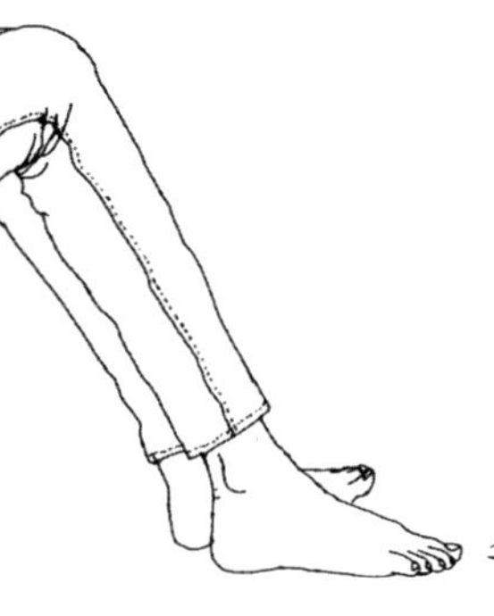

스트레스로 거식증에 걸렸던 것이 아마도 내 여행 이력 최대 최고의 위기

였을 것이다. 일 때문에 간 여행이었는데 제대로 풀리지 않자 신경 쓰였는지, 그만 거식증에 걸려버렸다. 어느 순간, 먹을 것을 목구멍으로 넘기지 못하겠다 싶더니, 그때부터 아무리 호화찬란한 먹을거리들이 눈앞에 오락가락해도 말 그대로 '그림의 떡'이 되었다. 그렇게 먹지 못한 게 무려 한 달이다. 액체 종류만 넘길 수 있어서 일정이 끝나는 저녁이 되면 맥주를 마시러 가곤 했다. 맥주에 그렇게 영양소가 많은 줄 처음 알았다. 안주도 없이 오직 맥주의 힘만으로 나머지 일정을 완수했는데, 그 코스에는 미니 마라톤과 조깅도 포함되어 있었다.

서울의 친구들은 머나먼 나라에서 들리는 내 소식에 걱정이 태산이었단다. 하지만 공항에 도착한 내 모습을 보고 다소 실망했다 했다. 7킬로그램쯤 빠지기는 했지만 오히려 생생해 보였다나. 들것에라도 실려 들어올 줄 알았던 모양이다. 한동안 나는 "평소에 축적해놓았던 뱃살의 힘으로 버텼다"라며 뻐기곤 했지만, 거식증이 나으려나 싶자 마자 들이닥친 폭식증을 다스리느라 한동안 진을 빼야 했다. 입안에 넣었던 먹을 것을 족족 뱉어내며 허기와 어지러움을 견디는 것도 힘들었지만, 무작정 끝도 없이 먹어대다 갈비뼈가 벌어져 통증이 와야 멈추는 것도 쉬운 일은 아니었다. 그때 마음먹었다. 스트레스 받을 여행이라면 가지 말자. 원래 스트레스에 취약한 체질인 줄은 알았지만, 그 정도일 줄은 몰랐다는 게 문제였다. 나도 건강에 관한 원칙이 하나 생긴 셈이다.

건강의 문제는 늘 잠복해 있는 돌멩이다. 아침마다 일어나서 그날의 컨디션을 헤아리고 갈 수 있는 곳과 없는 곳을 가늠한다. 여행 대부분이 죽도록 걸어다니는 일이지만, 그래도 작정하고 걸어다녀야 하는 코스는 컨디션이 좋은 날로 미룬다. 소소하지만 그렇게 놓친 곳이 한두 곳이던가. 여행을 하다 보면 벽돌도 씹어 먹을 수 있는 강철 체력이 부러워진다. 수첩에 적는다. 체력 단련. 서울로 돌아와 해야 할 일의 목록이 하나 는다.

하지만 건강이 안 좋다고 해서 여행을 할 수 없는 건 아니다. 한들한들 하는 여행도 괜찮다. 누구나 다 자기 몸무게만 한 배낭을 짊어지고 오지로 걸어 들어가야 하는 건 아니니까. 내 발에 잘 맞는 편한 운동화 신고, 어깨를 파고들지 않을 만큼의 적당한 짐만 가방에 넣은 채로 걸어다닐 수 있는 길들이 산지사방으로 뻗어 있다. 여행의 좋은 점은 포용력이 넓다는 것. 그러므로, 건강에 있어서 분명한 원칙을 세우고 내 건강지수를 파악한 뒤에 여행계획을 세우자. 조금 더 건강하면 조금 더 멀리 갈 수 있다는 것은 진리. 하지만 더 멀리 가려다 아예 못 가는 경우들이 있다는 것 또한, 진리니까.

여행과 쇼핑 사이

"쇼핑여행"이란 말은 이상하다. 쇼핑을 하지 않는 여행도 있나? 아무리 아무것도 사지 않으려 한다 해도 먹는 것과 생필품은 사지 않을 수 없다. 사지 않고 농사지어 먹을 수 있는 건 아니지 않나. 굶는 것은 더더욱 말이 안 된다. 아주 극빈의 여행을 염두에 두더라도 여행과 쇼핑이란 것이 떼려야 뗄 수 없는 관계라는 건 자명해 보인다. 좀 더 상징적으로 말하자면, 여행 자체가 하나의 거대한 쇼핑이다. 사람들은 심지어 여행을 "충동구매"하기도 하잖아?

물론 아주 좁혀서 "쇼핑여행"이라고 부를 만한 것들이 있다. 독일에서 쌍둥이칼을 사기 위해 주부들이 몰려다니는 것은 꽤나 익숙한 풍경이다. 세일기간에 맞춘 홍콩여행은 온전히 쇼핑이 목적이며 관광은 덤이다. 할인된 금액만으로도 경비는 뽑는 쇼핑여행들은 한편으로는 꽤나 합리적이고 경제적으로 보이지만, "어쨌든 안 사면 빵 원"이라는 선배 아주머니들의 조언을 떠올리면 무조건 알뜰하다 할 일은 아니다.

나도 그런 "쇼핑여행"을 간 적이 없다고는 할 수 없다. 야마하에서 나온 기타에 반한 지인이 그 기타를 사기 위해 일본으로 갈 때 나도 덥썩, 같이 가자며 나섰다. 그 친구야 서울서 샀을 경우와 일본에서 샀을 경우의 차액이 상당하여 여행경비가 많이 절감된다 해도, 내게도 그런 혜택이 돌아올 리 없다. 기껏 생각해낸 게 카메라 스트로보를 사는 것이었다. 물론 서울에 비해서 상당히 싼 가격에 살 수 있었지만 여행경비 절감에 도움이 되었던가? 그 스트로보를 쓴 횟수를 생각하면 사실, 회의적일 수밖에 없다.

물가가 아주 저렴한 나라에 가면 보따리장수가 되어볼까

하는 어설픈 욕심이 들기도 한다. 소위 말하는 '판로'도 없으면서 이거 사다 팔면 돈 벌겠구나! 하는 마음, 막 드는 곳들이 있다. 베트남의 소수민족인 사파족의 의상을 파는 가게에서 집어든 스카프가 몇 개였던가. 하지만 그렇게 사온 물건들은 친구들에게 돌리는 선물이 되기 딱 십상이다. 아니면 애물단지가 되어 집안 어디엔가 처박히거나. "경비는 사온 물건을 팔아서 충당하면 돼"라며 여행을 합리화했던 친구들이 없지 않았는데, 갑자기 문득 궁금해진다. 과연 그들은 경비를 충당할 수 있었을까?

아무리 빠듯한 예산을 가지고 여행길에 오른다고 해도, 꼭 사야겠다고 마음먹게 되는 물건들은 사게 마련이다. 내가 터키 파샤방에서 마른 모래바람을 맞으며 걸려 있던 알록달록한 겉옷을 결국 살 수밖에 없었던 것처럼. 그 옷은 마치 카펫으로 만든 옷처럼 보였다. 터키의 여자들이 직조기로 짜낸 두꺼운 천으로 만든 것이었을 것이다. 도톰하고 독특한 무늬로 가득 찬 그 옷은 멋진 술까지 달려 있어 내 맘에 쏙 들 만큼 충분히 '이국적'이었다. 하지만 그 옷은 내게는 일종의 재앙이기도 했는데, 등에 메는 배낭의 삼분의 일을 차지하는 부피 때문이었다. 마치 카펫을 짊어지고 여행 다니는 것 같았다.

내 지인이 한 달 일정의 여행이 막 시작하는 런던에서 샀던 도자기 고양이 밥그릇은 또 어떤가. 조그만 고양이 조각까지 달려 있던 그 도자기 그릇은 금이야 옥이야, 깨질까 금갈까, 짐을 쌀 때마다 가장 안전한 자리에 모셔졌다. 트렁크가 함부로 던져질 때마다 심장이 뚝 떨어지는 것 같았다. 그렇듯, 사고 나면 그 이후의 일정이 몽땅 그 물건을 '수행하는' 꼴이 되어버리는 쇼핑도 있다. 그래도 어쩌겠는가. 눈이 맞아버렸는데.

그렇게 해서 사놓고, 그렇게 해서 잃기도 한다. 백은하는 《기차를 놓치고, 천사를 만났다》에서 심혈을 기울여 골라놓고서는 결국 못 갖고 온 책에 대해 쓸쓸하게 이야기한다. 그녀는 프라하의 작은 박물관 같은 오래된 헌책방에서 온갖 책을 꺼내보며 기뻐하다 두 권의 책을 골라 계산하고 포장까지 한 뒤, 나머지 일정을 가볍게 다니고 싶어 이틀 뒤에 찾으러 오겠다고 맡겨놓았단다. 그러나 자타공인 길치인 그녀는 결국 그 가게를 못 찾았다. 일 년 뒤, 그녀는 다시 프라하에 들렀다가 기적처럼 그 가게를 다시 찾았다. 하지만 주인의 차가운 박대만 당하고 만다. 주인 입장에서는 비슷비슷하게 생겨 알아볼 수도 없는 아시아계의 여자애가 일 년 전에 맡긴 책을 내놓으란다고 황당하다고 했을 법도 하지만, 그녀의 입장에서는 책이 문제가 아니라 그 차가운 태도가 못내 섭섭했단다. 하지만 잃은 물건은 그녀에게 추억으로 남았다. 무사히 가지고 왔으면 책꽂이에 끼워져 잊혀졌을 책 두 권이 프라하의 헌책방 하나에 달하는 무게를 지니게 된 것이다.

혼자서 기차를 타고 일본의 홋카이도를 누비고 다니는 여행기, 오지은의 《홋카이도 보통열차》에 나오는 그녀의 쇼핑 일화들은 너무 솔직하여 철없어 보인다. 밤새워 비행기를 타고 도착한 일본에서 정작 여행길에 오르기 전에 "산이 있으니 산을 반드시 올라야 한다는 등산가의 마음이 되어" 공항 근처의 크고 좋은 아웃렛 레라에 들른다든지, 다섯 개의 가게에서 다섯 개의 달콤한 것을 사먹을 수 있는 '스위츠 메구리 쿠폰'을 사서 그 도시에 있는 내내 과자가게들만 찾아다니는 모습을 보며 누군가는 혀를 찰지도 모르겠다. 하지만 이 또한 여행을 즐기는 색다른 방법의 하나라 할 수 있지 않을까.

그중 내가 마음 깊이 공감했던 것은 편의점 사은품을 받기 위해 편의점 샌드위치만 주구장창 먹는 모습이었다. 샌드위치나 디저트 류에 붙어 있는 포인트를 모으면 '벼랑 위의 포뇨'가 그려진 그릇을 준다는 말에 밤낮으로 그곳의 샌드위치를 사 먹고 그다지 먹고 싶지도 않은 몽블랑을 점수가 2점이나 되기에 사먹는 모습을 보며, 나는 예전 일본에 갔을 때 사은품에 현혹되어 매일 들락거렸던 도넛 가게를 떠올렸다.

그 도넛 가게는 손쉽게 달성할 수 있는 작은 점수에서 시작하여 손수건이니 장난감이니 하는 소소한 사은품들을 주었는데, 가장 갖고 싶은 것은 커피잔을 타고 돌아다니는 캐릭터 장난감이었다. 마지막 날 무사히 손에 넣은 그 캐릭터 상품은 그 후로도 오랫동안 책상 위를 뽈뽈 쏘다니며 그때의 일본여행을 떠올리게 했다. 다행히 그녀는 포뇨가 그려진 그릇을 무사히 받아 집에서 가장 사랑받는 국그릇으로 쓰고 있다고 한다. 같은 경험을 가진 동료로서, 그녀의 그런 노력이 결실을 맺었다는 게 무척 기뻤다.

딱 그 정도가 좋다. 쇼핑을 경원시하는 금욕여행도 나름대로 의미가 있겠지만 아기자기한 재미가 없을 것 같아 아쉽고, 쇼핑에만 눈이 먼 여행도 여행 자체의 재미를 놓칠 것 같아 걱정된다. 여행의 즐거움의 하나로서의 쇼핑이란 균형을 맞추기 쉽지 않은 것은 사실이다. 그러나, 그런 미션 정도는 있어야 여행이 좀 더 쫀쫀해지는 것 아닐까.

사실, 어떤 쇼핑이든 결국 시간이 지나면 다, 좋다. 부담스러운 충동구매의 기억과 쓸데없는 절약의 기억은 후회를 불러오지만, 결국 여행의 추억을 풍요롭게 만들어주니까. 그 추억이라는 것이야말로 돈을 주고도 살 수 없는 것 아니던가. 그런 면에서 본다면 여행또한 쇼핑이라는 말은, 쇼핑 또한 여행이라는 말로 뒤집어져야 충분해진다.

멀고도 가까운
가이드북

가이드북은 여행지에서의 생존의 문제와 밀접하다. 살아남기 위해서 챙겨야 할 것의 우선순위를 꼽는다면 3위권 안에는 들 것이다. 능숙한 여행자들 중에는 그곳에 대한 선입견을 갖기 싫다며 가이드북을 마다하는 경우도 없지 않지만, 그래도 최소한의 '안내'는 필요하지 않겠는가. 차편, 숙소, 환율 등 여행자들이 기본적으로 알아야 할 정보들은 적지 않으니, 친절한 가이드북은 그만큼 고맙다.

아무것도 알지 못하는 상태로 여행 갔을 때 얻을 수 있는 깜짝 선물이라는 건 확실히 있다. 지나치게 친절한 가이드북은 봐야 할 것, 먹어야 할 것, 해야 할 말까지 심하게 꼼꼼히 알려준 나머지, 여행이 끝난 후 마치 숙제라도 하고 난 듯한 느낌을 주기도 한다. 했어? 오케이. 했어? 오케이. 안 했어? 바보. 여행지에서 뜻밖의 놀라운 것들을 기대했던 이라면 가이드북의 이 시시콜콜한 손가락질이 잔소리처럼 느껴질 것이다. 한편 여행기가 쏟아져 나오고 여행 블로그가 활성화된 이후, 내 여행이 '다른 여행과의 비교' 위에 있다는 느낌을 지우기 어렵게 되었다. 남들이 했다는 건 다 해보고 싶고 또 나만의 특별한 경험도 해보고 싶다. 그리하여 나의 여행은 몇 점? 가이드북이 지금보다 더 친절해진다면 채점표라도 붙을 기세다.

가이드북의 '친절함'은 또 하나의 문제를 가져온다. 그 가이드북을 들고 떠나는 모든 이들을 하나의 '취향'에 묶어버린다는 것이다. 나름대로 목표에 따라 세분화하려는 움직임도 없지 않지만, 한 권의 가이드북을 따라가는 여행자는 그 저자의 취향에 자신을 맞추게 된다. 객관적으로, 공정하게, 가능한 한 모든 것들을 담으려고 노력하는 가이드북도 마찬가지다. 어쩔 것인가, 만인에게 맞는 책이란 존재하지 않는 법. 가이드북이라고 해서 그 운명을 벗어날 수 있을 리는 없다.

가이드북은 어쩔 수 없이 강조와 생략을 거듭할 수밖에 없다. 이건 꼭 봐야 하는 것이고 저건 언급할 가치도 없는 것이다. 하지만 여행자들이 어디에서 보석을 발견할지는 그들 하나하나의 유전자에 새겨져 있는 것일 터, 그 고유한 주파수는 가이드북의 책장에 부딪혀 힘을 잃는다. 자, 그렇다고 가이드북 없이 떠나야 온전한 자신을 만날 수 있을 것인가? 문제는 처음으로 다시 돌아간다.

할 수 없다면, 가이드북을 내 취향에 맞게 다시 쓴다는 대안이 남는다. 다행히 정보는 넘친다. 기존에 출간된 것 이외에도 온갖 사이트와 블로그에 생생한 정보들이 매일 올라온다. 그중에서 흥미로운 것, 내 관심을 끄는 것을 찾아서 출력하거나 정보매체에 담으라. 기존의 가이드북을 뼈대로 삼는 것도 좋다. 뺄 건 빼고, 넣을 건 넣는다. 내 멋대로 별점을 매긴다. 그것은 내 취향에 점점 더 가까워진다. 그리하여 나만을 위한 가이드북이 새로 만들어진다.

그렇게 만든 가이드북을 가지고 가서, 현지의 상황에 따라 또 끊임없이 첨삭해도 재미있겠다. 그곳에서 발견한 것들을 넣고, 생각보다 아닌 것들을 빼고. 별점을 또 고치고, 쓸모없어진 정보들은 박박 지우는 것이다. 그렇게 만들어진 가이드북은 돌아와 나와 취향이 비슷한 친구에게 유용한 역할을 해주지 않을까?

그렇지 않더라도 그 책은 그것 자체로 여행의 기념품이 될 것이다. 나를 인도한 가이드북이 내 인도를 따라 다시 한 권의 책이 되는 과정. 그것은 여행의 근본 작동원리와 비슷한 데가 있다. 내가 발견한 것들로 채워지는 것은 추억만은 아닐 터, 그곳에서 나를 건드린 것들로 채워진 책을 한 권 갖는 것, 꽤 그럴듯하지 않은가.

완벽한 여행을 위해서
우리가 해야 할 것들

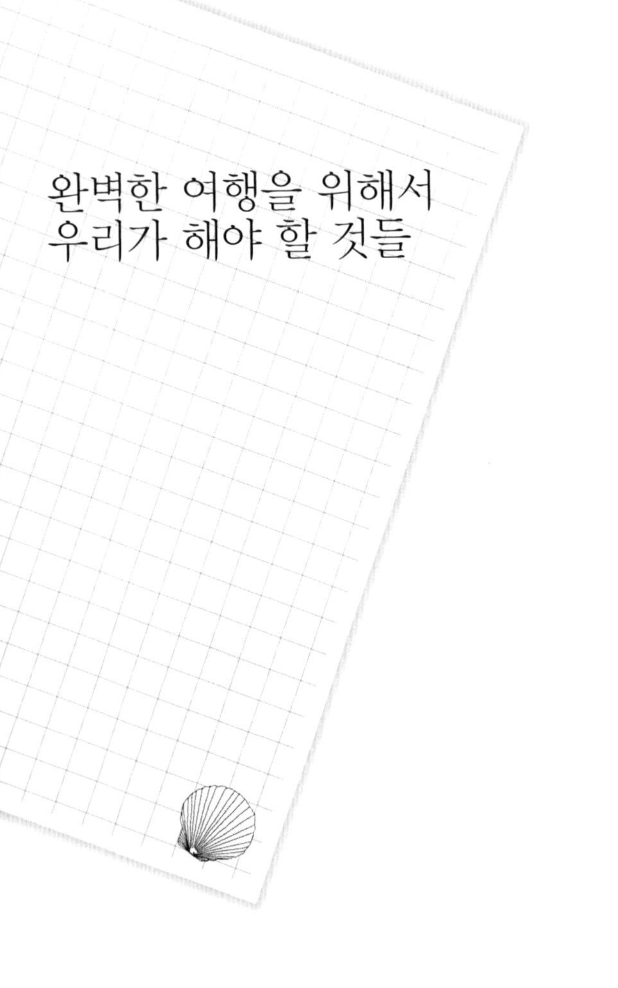

완벽한 여행을 위해서 우리가 해야 할 것에는 어떤 것들이 있을까? 가방을 잘 싼다. 꼭 필요한 것만 콕콕 찍어서 싸면서도 짐의 무게를 최소한으로 줄일 수 있다면 여행의 성공은 반은 먹고 들어가는 것이다. 경로를 잘 짠다. 최대한의 정보들을 끌어모으고 가능한 것들은 미리 예약하고 실수와 변수의 가능성을 줄여놓는다. 만약을 위한 대비를 철저히 한다. 보험도 들어놓고, 현지에 살고 있는 친구의 친구의 친구의 친구들의 전화번호를 받아둔다. 그리고 또, 그리고 또. 목록은 점점 늘어난다.

하지만 사실 여행이 완벽해지기 위해 준비해야 할 것은 따로 있다. 그것은 너무 오래 걸리는 것이어서 "여행 준비"라고 부르기 민망한 것이기도 하다. 하지만 그것을 통해 여행이 얼마나 튼실해지는지 생각해본다면 중요한 여행 준비의 하나로 꼽아도 이상하지 않을 것이다. 그것은 "배우는 것"이다. 무엇을?

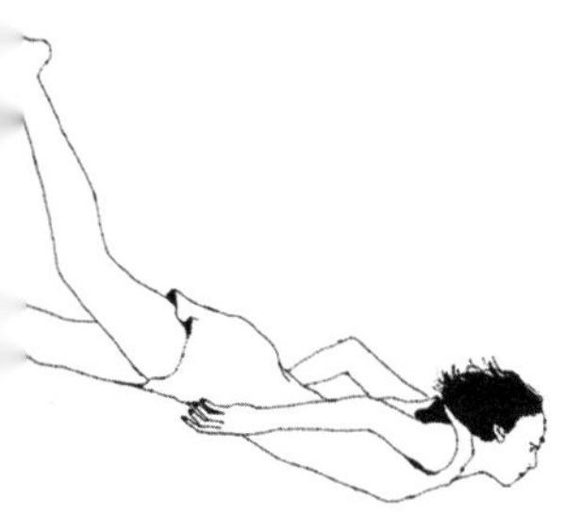

배운다,라는 말을 듣는 순간 호신술을 떠올리는 사람도 있을 것이다. 그것도 나쁘지 않겠지만, 요즘 나는 춤을 배우고 있다. 춤을 배우기 시작한 이유는 친구의 한마디 때문이었다. "여행하다가 유람선을 탔는데 선상파티라도 열리면, 사교춤 하나 정도는 출줄 알아야 하잖아?" 내 여행의 패턴을 보면 유람선, 선상파티 같은 단어들은 머나먼 세계이지만 그래도 준비를 해두어 나쁠 건 없다는 생각이 들었다.

그런 결심을 하게 된 이유 중의 하나로 오스트리아의 호텔 홀에서 우연히 마주쳤던 우아한 댄스파티의 여파도 들 수 있으리라. 커다랗고 천장 높은 홀에 드리워진 거대한 샹들리에 아래로 여자와 남자 들은 서로의 몸을 포개고 치맛자락을 부풀리며 돌았다. 등이 파인 드레스와 몸에 잘 맞는 수트를 입은 남녀들은 그 자체로 섬세한 오르골 같았다. 아직 채 자라지 않은 주근깨투성이의 남자애들이 생애 처음 수트를 입은 티를 낸 채 문 옆에 우리와 같이 붙어 있었다. 그들의 둥근 눈에도 감탄이 어렸다. 후줄근한 티셔츠와 바지 차림으로, 우리는 그들의 저 오래되고 아름다운 문화가 부러워 손톱을 깨물었다. 그리고 돌아와 춤을 배웠고, 실제로 이후의 내 여행들은 무척 흥미진진해졌다.

지난 뉴욕으로의 여행이 그랬다. 전설적인 스윙댄서인 프랭키 매닝은 오 년에 한 번씩 전 세계 스윙댄서들이 몰려오는 대대적인 생일파티를 열었다. 그해에 계획된 파티는 95세를 기념하는 생일파티였다. 100세 파티야말로 제대로이겠으나 그때까지는 기다릴 수 없어 우리는 파티신청서를 보내고 비행기표를 끊었다. 그때 또 가지 뭐. 그런데 출발하기 바로 얼마 전 그가 영면에 들어감으로써 졸지에 장례파티가 되어버렸다. 침울하고 웅장한 장례식에 익숙한 우리에게는 당황스러운 상황이었으나 장례식장마저 춤과 즐거운 웃음으로 채웠다는 소식이 속속 도착하며 우리에게 손짓을 했다. 추모와 기대로 범벅이 된 채, 우리는 첫 뉴욕 여행길에 올랐다.

파티는 닷새간 이어졌다. 그곳에서의 경험들은 모두 흥미진진한 것이었다. 뉴욕 5번가의 교회에서 추모미사를 드리던 첫날, 우리는 검은 옷을 갖춰 입은 채 엄숙한 표정으로 교회의 의자에 자리 잡고 앉았다. 그러나 이어진 순서들은 우리가 생각하는 추모미사와는 거리가 먼 것이었다. 제단 아래 자리 잡은 재즈밴드는 쉴 새 없이 흥얼흥얼, 춤추고 싶은 음악을 연주했다. 덩치 좋은 여가수가 성량 좋은 목소리로 그 음악에 힘을 보탰다. 그를 추모하는 사제와 친구와 친척 들이 차례로 나와 추모의 연설을 하는 중간에, 팔십이 넘은 또 다른 전설적인 스윙댄서인 던 햄튼 할머니가 커다란 교회 문을 활짝 열고 들어오며 외쳤다. "뭐해? 춤추자!"

결국 예배당 의자 사이의 복도는 춤추는 사람들로 가득 찼다. 나중에는 사제들도 제단 위에서 함께 춤을 추었다. 돌아와 뉴욕타임스에 실린 사진을 보니, 위에서 내려다본 복도에는 빙글빙글 펼쳐진 치마들이 꽃처럼 활짝 피어 있었다. 나이가 많은 할머니 할아버지 들도 무릎보호대를 한 채 그 즐거움에 합류했다. 추모식이 끝난 뒤 사람들은 재즈를 연주하는 악대를 따라 센트럴파크로 향했는데, 애도의 검은색 아래 감추어두었던 원색의 즐거움을 화려한 양산과 숄로 마음껏 드러냈다. 현란하기 이를 데 없었다. 웃고 있는 프랭키 매닝의 사진이 인쇄된 피켓들을 들고 춤추듯 가볍게 센트럴파크로 향한 이들은 이내 다시 한번 춤판을 벌였다. 화려한 행렬에 걸맞는 화창한 날씨였다.

그 감동은 시작에 불과했다. 매일매일 이어졌던, 삼천 명이 넘게 모였던 맨해튼 홀에서의 밤샘파티는 상상을 초월하는 것이었다. 뉴욕의 내로라하는 재즈밴드들이 무대에서 펼치는 라이브 연주를 배경으로 전 세계에서 몰려온 사람들이 그 드넓은 홀이 좁다며 열정적으로 춤을 추었다. 남아프리카에서 온 사람과 춤을 추고 돌아서면 스웨덴에서 온 사람이 신청을 하는 형국이었다. 그 속에서, 춤은 이미 하나의 언어였다. 마치 한 마리의 거대한 연체동물처럼 지치지 않는 에너지로 춤을 추던 사람들은 홀이 문을 닫을 시간이 되어도 떠날 줄을 몰랐다. 반쯤 등 떠밀려 나온 이들은 맨해튼 홀 앞의 인도에서 박수소리와 즉석 바이올린 연주에 맞춰 계속 춤을 추어댔다. 피리 부는 사나이를 쫓아가던 아이들이 이랬을까? 뉴욕에서의 파티에서 돌아온 나는 한동안 걱정에 시달려야 했다. 그토록 멋진 파티를 보았으니 이제 앞으로의 모든 파티가 재미없게 느껴지면 어쩌지?

멋진 선상파티는 아니었으나, 로어 이스트 사이드에서 우연히 들어갔던 빈티지숍의 뚱뚱한 주인과 마네킹을 넘어뜨려가며 좁은 가게 안에서 춤을 추었던 것은 잊지 못할 에피소드가 되었다. 그는 내게 춤에 있어서 가장 중요한 것은 '연기력'이라고 가르쳐주었다. 나와 그는 구애하는 남자와 새초롬하게 외면하는 여자를 연기하다가 이윽고 손을 맞잡았다. 그는 푸른 눈을 반짝이며 내 연기력에 찬사를 보냈다. 좁은 옷가게에서 벌어진 한편의 멋진 연극이었다.

일본 골든위크 기간에 열렸던 파티에 참석하기 위해 갔던 도쿄도 후끈하기 이를 데 없었다. 여행자였다면 가기 힘들었을 무도장과 기묘한 분위기의 바, 재즈클럽으로, 매일 장소를 바꿔가며 춤을 추었다. 일찍부터 서양의 문화를 받아들였던 일본에는 소위 '무도장'이라는 것이 곳곳에 있었다. 춤을 배우기 전, 요코하마의 서양관들을 돌아보며 감탄했던 넓은 홀들은 다 댄스파티를 위한 것이었더랬다. 우리가 춤춘 곳 중에는 그런 저택 안에 갖추어진 서양식 댄스홀은 없었지만, 모두 매력적인 곳이었다. 춤을 추니 그 땅의 역사가 다시 보였다.

낯붉히게 되는 사진, 조명등마다 씌워놓은 레이스 팬티, 유리로 된 방과, 알록달록하고 고풍스러운 장식품들이 뒤죽박죽 섞여 있던 바는 찾기 힘든 곳에 숨어 있었다. 다시 찾으래도 못 찾을 그곳에서 우리는 일본의 재즈밴드 음악에 맞춰 춤을 추었다. 춤추기에는 너무 좁았지만 음악이 참 좋았던 시모기타자와의 재즈바는 또 어땠던가. 세 커플만 춤을 춰도 서로 부딪치기 일쑤였지만 사람들은 웃음을 터트리며 즐겁게 부대꼈다.

결국 마음껏 춤추고 싶었던 이들이 선동하여 우리는 새벽 두시의 길거리로 나섰다. 휴대용 앰프로 음악을 틀어놓고 사람들은 신나게 춤을 추었다. 춤추다 자동차가 지나가면, 홍해처럼 갈라졌다가 다시 합쳤다. 팔뚝에 문신을 한 남자들이 낄낄거리며 핸드폰 동영상을 찍고 지나가도 아무도 개의치 않았다. 결국 때릉때릉 경적을 울리며 자전거를 타고 쫓아온 경찰에 의해 춤판은 제지되었다. 신고를 받고 경찰이 출동한 상황에서도, 우리는 마치 일본영화의 한 장면 같은 상황을 즐거워했다. 정말 일본의 경찰은 자전거를 타고 오는구나, 슬쩍슬쩍 만져보기도 하면서.

춤을 배우지 않았다면 내가 그 세계에 대해서 알 수 있었을까? 전 세계에서 온 친구들과 하나의 언어로 얘기할 수 있었을까? 일본의 친구들과 각별한 사이가 될 수 있었을까? 다음번 여행으로 세계 최대의 스윙축제가 열리는 스웨덴의 소도시 허랭을 염두에 두면서, 나는 춤을 배우길 잘 했다고 다시 한번 생각한다.

무언가를 할 줄 알게 되면 여행이 더 재미있어진다는 것은 수영을 배우며 알게 되었다. 수영을 하지 못하던 시절의 여행도 나쁘지는 않았지만, 물의 속살 깊숙이 들어갈 수 있는 능력은 내게 또 다른 세계를 보여주었다. 수영을 못 하던 시절에는 파묵칼레의 정상에 자리 잡은 수영장에서 기껏 목을 내놓고 물에 잠겨 있었을 뿐이었지만 수영을 배우고 난 뒤에는 같은 곳인가 의심스러울 정도로 멋진 표면 안쪽의 생생한 세계를 볼 수 있었다. 깊이가 5미터가 넘는다는 풀로 과감하게 들어가 저 어둡고 깊은 바닥에서 뽀글뽀글 올라오는 기포를 경이와 공포를 가지고 바라보았다. 옛 신전의 기둥들이 가라앉아 있는 바다를 향해 깊숙이 자맥질하기도 했다. 수영을 배우면서 나는 물 위와 물 밑, 두 군데 다 여행할 수 있는 힘을 얻었다.

뉴욕의 유니언스퀘어 파크에서 브라질 유술인 카포에라를 하는 일군의 사람들을 만났을 때도 난 카포에라 배우기를 잘 했다고 생각했다. 카포에라는 만국 공통 포르투갈어로 말하고 노래한다. 그들의 몸짓도 만국 공통이다. 초보자라서 구경하는 데 그치기는 했지만 카포에라라는 문화를 통해 낯선 우리가 얼마나 서로 공감할 수 있는지 다시 한번 깨달았다. 내가 카포에라를 배우지 않았더라면 그들은 그저 독특하고도 이상한 무리에 지나지 않았겠지만 내가 카포에라를 배우던 시간들과 겹쳐 "이웃처럼 친숙한 사람들"이 되었다. 내가 카포에라를 좀 더 잘 하게 되면 브라질로 여행 가서 더 즐거운 시간을 보내게 될까. 아마 그러하리라. 춤이 나를 인도하던 방식으로.

앞으로도 배울 것들은 많이 남아 있다. 여행을 위해 여기에서 배울 것들뿐 아니라, 여행 가서 배울 것들도 태산이다. 동남아에 가서 스카이다이빙을 배우는 것은 어떨까. 인도에 가서 요가를 배우는 것은 어떨까. 북유럽에서 스키를 배우고, 프랑스에서 요리를 배워오는 것도 좋을 것이다. 그것뿐이랴. 그저, 그 모든 것들을 배울 날까지 내 몸이 건강하기만 바랄 뿐이다. 여행을 떠나기 위해 건강하길 바라듯.

여행가방을 싸듯,

나는 내 안에 차곡차곡 지식과 경험을 쌓는다.

더 잘 보기 위해, 더 잘 즐기기 위해.

"아는 만큼 보인다"라는 말은

단순히 지식을 뜻하는 것이 아니다.

내 몸 또한,

내 몸이 아는 것에 훨씬 더 잘 반응하기 마련이다.

내가 아는 것을 따라 지하수의 수맥이 드러나듯

내가 갈 곳이 드러난다.

그곳의 친구들이 드러난다.

그러니, 다음에는 그들을 향해 가면 된다.

이미 오래전부터 있었으나

내가 배우기 전에는 발견하지 못했던

그들을 향해.

다섯 번째 장

여행이라는 특수한 상황은 내 삶에 필요한 물건의
규모를 확 줄여버리기를 내게 강요한다. 기분
좋은 강요다. 그 요구에 부응하기 위해 고심 끝에
마련해놓은 물건들을 보면, 평소에도 그렇게 살 수
있지 않을까, 싶어진다. 늘 너무나 많은 것을 가지고,
어떤 물건이든 내게 필요한 것이라 쉽게 믿어버리는
평상시의 마음은, 단출한 여행 짐 앞에 흔들린다.
사실, 그래서 여행을 간다. 내 삶에서 필요한 게
사실은 많지 않다는 것을 다시 확인하기 위해서.

여행을 떠나기 전에
챙기는 것들

트렁크가 돌아왔다. 쌩쌩한 새 바퀴를 달고. 열어보니 본드 냄새가 진하다. 안감을 뜯어냈다가 수리하고 다시 붙인 태가 난다. 이렇게, 내 가방에 또 하나의 '연륜'이 생기는구나. 한편 애틋하고, 한편 뿌듯하다.

내 트렁크는 알록달록한 색감으로 유명한 브랜드에서 나온, 기내 사이즈의 하드 케이스 가방이다. 첫 일본여행을 떠나던 날 명동에서 백만 번 고민하고 샀다. 지금 생각해보면 터무니없이 비싼 값이지만 그때는 트렁크들이란 다 그 가격인 줄 알았다. 쇼윈도에 진열된 가방을 보고, 값을 물어보고, 나와서 배회하며 고민하다가, 다시 돌아가 가방을 사서 나오던 그 순간이 아직도 선명하다. 그때에야 훅, 하고 끼쳐왔던 여행에의 실감도.

다문 며칠짜리 첫 여행이야 그렇다 치고 한 달을 훌쩍 넘어가는 장기여행에서도 허덕허덕 애를 써야 했으니, 이 트렁크 기구하다. 보조가방을 어깨에 얹고 달달달달 나와 같이 안 간 곳이 없다. 분수에 넘치는 용량의 짐을 담고 잠그기 위해 트렁크에 체중을 실어 올라탄 게 어언 몇 번이던가. 십 년을 훌쩍 넘어서고 보니 이 트렁크와 여행을 분리할 수가 없게 되었다. 내게 여행을 떠난다는 것은 이 트렁크를 꺼낸다는 것이다. 이름이라도 지어줘야 할 판이다.

그러던 트렁크의 바퀴가 부서졌다. 어디에 부딪쳐서가 아니다. 낡아서 말 그대로 부서져나간 것. 일본에 갔다가 돌아오는 공항에서 트렁크가 갑자기 떼쓰는 어린아이처럼 바닥에 주저앉아버렸다. 직직 끌어당기자 대리석 바닥에 검은 줄이 생겼다. 플라스틱이 낡아 분필이 될 때까지 쓰다니, 트렁크의 고생에 마음이 애잔해진다. 찬찬히 살펴보니 여기저기 도장도 긁혀 떨어져나갔다. 낡아야 더 멋스러워지는 게 트렁크라지만 이쯤 되면 몸체가 부서지지 않은 게 신기할 지경이다. 비싼 값을 하는구나. 튼튼한 하드 케이스를 한 번 더 쓰다듬어준다.

여행이 잦아지다 보니 여행 때 꼭 들고 가는 아이템들이 생겼다. 여행 간다, 하면 기본으로 꺼내놓는 녀석들이다. 트렁크뿐 아니다. 여행 때는 몸에 익은 것들이 좋다. 괜히 새 물건 사서 갖고 갔다가는 자각도 못 하면서 잃어버리기 쉽다. 오래 쓴 물건들의 몸에 착 달라붙는 느낌. 그 느낌 때문에 낡아도 쉬이 버리지 못한다.

내 여권지갑이 그렇다. 어느 여행에선가 공항에서 산 이 지갑은 목에 거는 형태이다. 이 지갑에 긴 끈을 달아 옷 속에 사선으로 메고 다닌다. 몸에 닿는 부분은 부드러운 면으로 되어 있고, 바깥쪽은 방수 재질의 천으로 되어 있는 이 얇고 기능적인 지갑은 각각 수납하는 공간이 지정되어 있다. 여권은 여기, 지폐는 여기, 카드는 여기. 그곳이 비어 있으면 당장 태가 난다. 뭔가를 잃어버리기도 쉽지 않다.

하도 낡아서 그것의 대체물로 직접 여권지갑을 만들기도 했다. 일본에서 사온 조각천으로 만들고 나무로 된 단추를 달았다. 목에 거는 형태는 아니지만 유용할 줄 알았다. 하지만 아니었다. 역시 오래 쓴 물건은 나름대로의 역할이 있다. 구멍이 나서 도저히 쓸 수 없을 때까지 이 지갑은 고집스럽게 나를 따라다닐 태세다. 하긴. 돈과 여권을 누구에게 맡기랴. 그동안 전담하고 맡아줬던 오래된 친구만 한 게 있을까.

유용성은 그다지 없어 보이지만 목걸이펜도 내가 여행 갈 때 꼭 챙기는 물건의 하나다. 지중해여행 때 일행이 쓰는 것을 눈여겨보았다가 서울에 돌아와 큰 맘 먹고 장만했다. 볼펜이라고 하기에는 제법 비싼 펜이지만 비싼 값을 한다. 목에 걸고 다니는 펜이란 게 언제 어디서나 쉽게 꺼내 쓸 수 있어야 빛을 발하게 마련인데, 잃어버려도 아쉽지 않은 싸구려 펜은 뒤집혀 매달려 있기 때문인지 한참 종이 위에 빙글빙글 그어줘야 비로소 잉크가 나오곤 했다. 하지만 이 펜은 꺼낸 그 순간 만족할 만한 필기감을 준다. 역시 여행에서는 '휴대성'만큼이나 '기민함'이 중요하다.

하지만 이 펜에 대한 일행의 원성이 만만치 않다. 금속성 재질의 유선형 외양을 한 이 펜은, 펜 같아 보이지 않아 공항검색대에서 늘 문제가 되곤 한다. "펜이에요"라며 뽑아서 보여주면 그 몸짓에 오히려 직원들이 긴장한다. 설마 칼을 목에 걸고 다니려고, 생각하지만 다양한 사람들을 만나는 공항직원으로서는 낯설게 생긴 이 펜이 경계대상 1위인 모양이다. 펜 때문에 공항검색대에서 지체하곤 하니 일행으로서는 유용성보다 번거로움이 눈에 먼저 띌 밖에. 하지만 펜 없이 어떻게 여행을 떠날 수 있을까. 유용성도 유용성이지만 이번 여행에서는 꼭 좋은 글을 건져야지, 다짐하는 내 여행의 아이콘이기도 하다.

여행 가기 전에 꼭 꺼내놓는 아이템으로는 스위스제 칼도 있다. 아버지가 대학 입학 선물로 준 이 칼은 날렵한 은색의 외양이 흔한 빨강색의 스위스제 칼 같지 않아 좋아한다. 매번 짐 맡기기 전에 허겁지겁 트렁크에 넣어서 늘 빼앗길 위기를 간신히 넘기곤 했다. 한번은 트렁크를 이미 맡긴 뒤에 칼을 발견하는 바람에 공항직원 전용 출입구를 통해서 비행기에 실리기 직전의 트렁크를 잡아채어 넣은 적도 있다. 눈이 휘둥그레해서 미친 사람처럼 트렁크를 쫓는 모습이 과히 아름답지는 않았겠지만, 어쩔 수 없었다. 만약에 공항에서 빼앗겼다면 얼마나 원통했을까. 근 이십 년을 나를 따라다닌 칼 아닌가. 그 애통함은 상상하기 싫다.

여행이 길어지다 보니 보조가방도 여행 때 챙기는 아이템으로 격상했다. 스페인에서 산 주황색 보조가방은 접어도 부피가 그닥 줄지 않는 싸구려이지만, 튼튼한 외양 덕분에 내 여행의 동반자가 되었다. 옷을 잔뜩 집어넣은 통통한 가방은 암만 굴려도 충성스러운 강아지처럼 나를 따라온다. 트렁크 위에 오도카니 앉은 모양새도 사이즈가 적당해 이쁘장하다. 갈 때 트렁크 하나로 갈무리되었던 짐은 올 때 주황색 보조가방만큼 부풀어 있다. 그 정도가 적당한 내 여행의 규모다.

여행이라는 특수한 상황은 내 삶에 필요한 물건의 규모를 확 줄여버리기를 내게 강요한다. 기분 좋은 강요다. 그 요구에 부응하기 위해 고심 끝에 마련해놓은 물건들을 보면, 평소에도 그렇게 살 수 있지 않을까, 싶어진다. 늘 너무나 많은 것을 가지고, 어떤 물건이든 내게 필요한 것이라 쉽게 믿어버리는 평상시의 마음은, 단출한 여행짐 앞에 흔들린다.

사실, 그래서 여행을 간다.
내 삶에서 필요한 게 사실은 많지 않다는 것을
다시 확인하기 위해서.

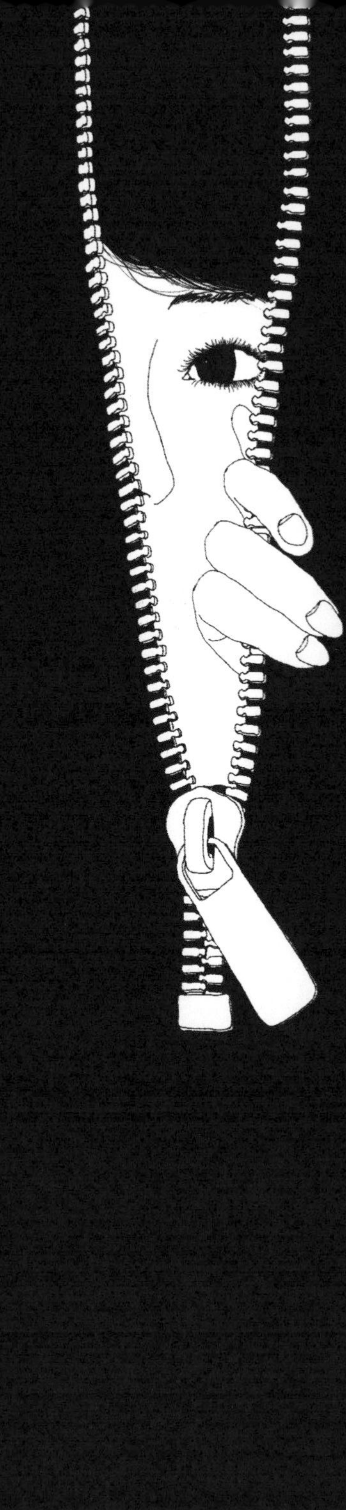

여행용품들에
매혹당하다

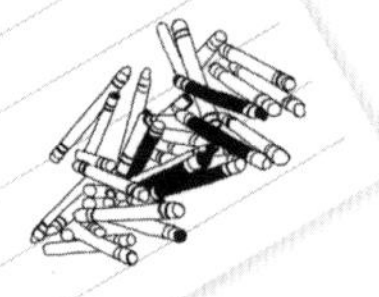

여행용품 시장은 나를 늘 매혹시킨다. 보물상자를 열었을 때 자라락 쏟아지는 보물들 같다. 그 매력은 다양한 장점들에서 나온다. 굉장히 체계적이다. 그리고 합리적이다. 가볍고, 기능적이고, 심지어 아름답기까지 하다. 물론 이 모든 장점 중에서도 가장 좋은 것은 "여행을 연상시킨다"라는 것이다. 그 물건들이 일으키는 연상으로 인해 나는 다음 여행을 구체적으로 상상해보게 된다.

물론 그중에서도 일단 제쳐놓게 되는 것들은 있다. 예를 들어 여행 전용 다이어리. 휴대성과 견고함을 보완한 것들은 좋지만 너무 용도가 세분화된 용지들은 내 여행의 감상을 가둬버린다. 준비된 페이지들을 채우기 위해서 여행하는 건 아니지 않나? 용도가 정해져 있지 않고, 손쉽게 찢을 수 있는 수첩들이 여행에는 더 걸맞으리라. 하지만 그래도, 손 안에 쏙 들어오는 단단한 수첩들은 어쩔 수 없이 들었다 놓았다 하게 된다. 손에 짝 달라붙는 수첩의 맛이란 언제든 사람을 끌어당기는 법이니까.

콕, 찍어 내가 여행 갈 바로 그 도시를 설명하는 가이드북과 수첩이 결합된 형태의 여행노트들은 눈길을 다른 데로 돌리기 어렵게 한다. 수첩에 지도가 곁들여져 있다니 이보다 더 맛있어 보이기도 쉽지 않다. 그래도 여행에서 돌아온 뒤 좀 더 여운을 만끽할 수 있으려면 현지에서 구해서 쓴 뒤 나달나달해진 지도를 오려 붙인 수첩이 더 제격일 것이다. 다른 사람들과 여행지가 같더라도 내 여행은 유일무이하고, 여러 곳을 다녔더라도 그곳의 여행은 유일무이하다. 그 유일무이함을 살리기에는 역시 가장 단순한 수첩이 좋으리라.

떼기 어려운 눈을 돌리면 수많은 파우치와 케이스 들이 있다. 일단은 여권케이스. 여권과 비행기표와 각종 카드들을 넣을 수 있는 다용도 제품부터 여권만 감싸 안는 심플한 제품까지 수많은 여권케이스들이 얼굴을 반짝반짝 들이민다. 여권케이스가 필요한 이유는 여권을 잘 보관하기 위해서도 있겠지만 다른 똑같이 생긴 여권들과 내 것이 혼동되지 않기 위해서이기도 할 것이라며 고개를 끄덕인다.

생각해보면 예전의 여권 보관 겸 지갑들은 감추는 데 급급했다. 바지 속에 넣을 수 있는 복대 스타일이거나, 목에 걸거나 어깨에 걸더라도 옷 안에 넣었을 때 티 나지 않는 제품들이었다. 안전을 위해 여권과 돈은 가장 깊은 곳으로 감추어졌다. 그래서 아름답기보다 실용적이어야 했다. 하지만 요즘의 제품들은 당당히 드러내기를 주저하지 않는다. 패션감각이 그토록 중요해졌다는 것은 그만큼 여행이 안전해졌다는 얘기일 수도 있겠다.

그럼에도 옛 제품들이 좋은 이유는 가능한 한 가장 가벼운 소재를 사용하여 가능한 한 가장 부피가 작게 만들어졌다는 것일 것이다. 하루 종일 돌아다니는 여행에서는 백지 한 장의 무게도 부담스럽다. 튼튼한 것이야 기본이지만, 가벼움과 작은 부피도 핵심적인 요소의 하나이다. 그런 측면에서 보자면 건질 만한 것이 별로 없다. 휘둥글해졌던 눈을 질끈 감는다.

수많은 파우치들도 마찬가지다. 속옷, 양말, 신발, 세면도구, 화장품, 액세서리, 약, 생리대, 휴지를 넣을 각각의 주머니들, 주머니를 넣을 주머니. 하나하나 따로 넣어 다니면 편하기야 하겠지만, 주머니는 또 하나의 짐이 된다. 그렇지만 겉에 예쁘게 용도가 그려진 주머니들을 보고 있으면 똘똘하게 챙겨진 여행가방이 저절로 떠오른다. 마치 주머니들이 짐을 대신 싸줄 것처럼. 그 하나하나가 앙증맞은 입을 벌려 꼭 필요한 것들을 꿀꺽 삼킨 채 가방 속에 휙휙 들어가줄 것처럼. 하지만 그런 일은 일어나지 않는다. 고개를 돌린다.

각종 전자기기의 발전은 짐을 늘리는 데 일조했다. 발전하면 크기가 줄어야 하는데 이상하게 크기가 커진다. 예전에는 기능이 별로 없어도 쓸 만한 흑백의 전자수첩을 들고 다녔는데, 이제 들고 다닐 전자수첩은 수많은 기능에 컬러 화면에 노트북의 키감까지 갖춘 제품으로 예전 것의 무려 네 배는 된다. 카메라도 이전의 똑딱이카메라는 성에 차지 않는다. DSLR은 되어야지. 이미지 저장장치를 갖고 다녀야 할 지경이 되었을 때도 부담스러웠지만 이제는 노트북 정도는 갖고 다녀야 한다. 수많은 전자기기들뿐이랴. 그것의 충전기들을 챙기다 보니 멀티탭도 필요하다. 각 나라의 콘센트에 호환될 수 있는 멀티 어댑터도 잊지 말아야지.

여행 때 꼭 책을 들고 가야 하는 사람들이 있다. 여행지에서의 독서는 평상시와는 또 다른 각별한 맛이 난다. 하지만 장기여행에서 책은 만만찮은 짐이 된다. 다 읽은 책은 현지에 두고 오기도 한다지만 새로 읽을 책은 어찌 구한다? 이러한 활자중독자를 위해 나온 것이 바로 전자책이다. 작은 단말기에 여러 권의 책을 담을 수 있는 전자책은 여행자들을 위한 새로운 아이템이다. 전자책은 책의 부피는 줄였지만 전자제품에 제 이름을 올린다. 가만, 멀티탭에 자리가 남았던가?

여행가방들도 온갖 찬란한 색으로 여길 보라 부른다. 예쁘다! 하지만 비행기 짐칸에서 이리저리 내던져질 것을 생각하면 멈칫하게 된다. 짐 찾는 데서 눈에 확 띄는 건 큰 장점이겠지만 손타기 쉽다는 것도 계산에 넣어야 한다. 역시 눈에 잘 안 띄는 검은색 가방이 제격일까? 열어보고 만져보고 돌아섰다가 다시 보게 만드는 예쁜 것들이지만, 저것들과 같이 여행하는 게 잘 상상되지 않는 건 왜일까? 여행자는 할 수 없이 티가 나기 마련이지만, 나 여행자요, 하고 굳이 드러낼 필요는 없다. 소리 소문 없이 물 스며들 듯 그곳에 다녀오는 것이 여행자의 바람직한 태도일 텐데, 요란한 여행가방은 그런 면에서는 실격이다.

일일이 돌아보고 들었다 났다 하고 나서 생각해보니, 하나하나는 굉장히 합리적이고 기능적인데 역시 모아놓으면 짐이 된다. 여행에 있어서 가장 두려운 건 짐이다. 자칫하다간 내가 짐을 갖고 다니는 게 아니라 짐에 끌려다니기 십상이니까. 짐 때문에 가고 싶은 곳에 못 가고 짐에 발이 묶여 일정이 변동되는 것은 현실적으로 빈번히 생기는 문제다. 하지만 그렇다고 단 몇 벌의 옷과 비닐봉지로 구질구질하게 다니고 싶지도 않다. 여행이 가까워올수록 고민이 깊어갈밖에.

그래서 갖고 싶은 것이 바로 메리 포핀스의 가방이다. 그녀의 가방에서 나오는 저 수많은 물건들을 보라! 가볍게 들고 통통 걷는 메리 포핀스의 자태를 보라! 그녀의 다른 능력들은 그다지 부럽지 않은데 가방만은 굉장히 부럽다. 메리 포핀스의 가방을 여행용품으로 만들어 내놓을 수 있다면 굉장한 인기를 끌 텐데. 아쉬울 따름이다.

메리 포핀스의 가방이 없다면 짐 싸기의 미학이라도 있어야 할 텐데 그것
은 오직 경험치의 상승으로서만 획득 가능한 능력일 것이다. 나의 일천한
경험치로 보기에도 여행용품 시장의 범람하는 상품들이 그다지 유용성
있어 보이지는 않는다. 그럼에도 불구하고, 여행용품들에서 눈을 떼기가
어렵다. 여행에 있어서의 실용성을 채워주기 때문이 아니라, 여행의 로망
을 상징하고 있으므로. 낯선 숙소에서 익숙하게 착착 짐을 풀고 있는 나.
노천카페의 테이블에 앉아 여행노트에 티켓과 영수증을 붙이고 일기를
쓰면서 이국적인 거리를 내다보는 나. 여행가방을 세워놓고 공항의 비행
기들을 바라보며 커피를 마시는 나. 여행용품에서 피어나는 여행의 상상
들은, 여행을 떠나지 못하는 때일수록 더할 나위 없이 화사하다.

여행가방에
옷을 담다

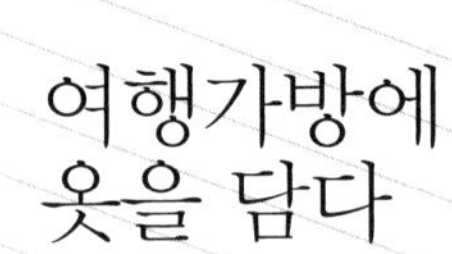

그녀가 얼마 전 옷장의 옷을 정리해서 딱 반으로 줄였다고 했을 때, 그 말을 들은 나를 포함한 여자들은 비명을 질렀다. 어떻게 그게 가능해? 그녀는 우리의 비명에 조금쯤은 서글프지만 의기양양함이 배어 있는 목소리로 "지금 나를 화장하면 사리가 한 자루는 나올 거예요"라고 대답했다. 이제 못 할 것이 없다고 그녀는 단언했고, 우리들은 모두 감동적으로 고개를 끄덕거릴 수밖에 없었다. 그럼. 옷장 속의 옷을 반으로 줄일 수 있는 사람이 못 할 일이 무엇이겠어. 해탈에 버금가는 종교적 경험일 터.

사실 여행가방을 싸는 것은 그에 못지않은 고뇌의 결단이 필요한 일이다. 매일매일 쉽게 벗어 빨래함에 헤프게 던져넣던 옷을 기내용 여행트렁크에 넣을 수 있을 만큼 추려야 한다. 여행기간이 얼마나 되건 내도록 아껴 입고 돌려 입어야 한다. 여행가방 싸기 초짜인 시절에는 그러므로 실용성이 가장 큰 선택조건이었다. 때가 잘 타지 않을 것. 쉽게 빨 수 있을 것. 여차하면 버려도 아깝지 않을 것.

내게 실질적으로 첫 해외여행이라 할 수 있었던 터키여행 때의 옷은 말하고 싶지도 않다. 옷 정리를 했으면 제일 먼저 수거함으로 향했을 게 분명한, 버려도 아깝지 않을 낡은 옷들로 채워진 그 여행가방은 과거로 돌아갈 수 있다면 통째로 버리고 싶은 물건 리스트 첫 순위에 올라 있다. 내 스타일리시한 동행은 카파도키아 가는 버스에서 비싼 사파리 모자를 잃어버려 발 동동 구르기도 하고 안탈랴의 숙소에 스포티한 미니원피스를 놓고 와 속 쓰려 하기도 했지만, 그것을 옆에서 보는 내가 얻은 경험은 그런 일을 당하는 한이 있더라도 다음 여행 때는 옷에 더 신경 써야겠다는 것이었다. 늘씬한 다리가 드러나는 빨간 체크 원피스를 입은 그녀가 허리색을 두르고 펑퍼짐한 면바지를 입은 나보다 더 즐거운 여행을 했다는 건 물어볼 필요도 없이 명백한 사실이었다.

하지만 실용성은 쉽게 포기하기 어려운 장점이다. 첫 유럽여행을 갈 때 가장 우선 선택했던 옷은 '망토'였다. 목만 끼우면 되는 그 두툼하고 넓적한 옷의 가장 큰 장점은 그 안에 얼마나 꼬질하고 더러운 옷을 입고 있든 너그럽게 감춰준다는 것이었다. 심지어 있는 대로 껴입어도 둔한 티가 크게 나지 않았다. 한겨울의 유럽, 스위스까지 일정에 넣은 그때의 나는 내심 긴장하고 있었던 듯하다. 뽄새는 안 나지만 두툼하고 추위에 강한 '보험아줌마 잠바'가 후보에서 떨어졌던 이유는 밤기차에서 담요로도 쓸 수 있다는 망토의 막강한 장점 때문이었다.

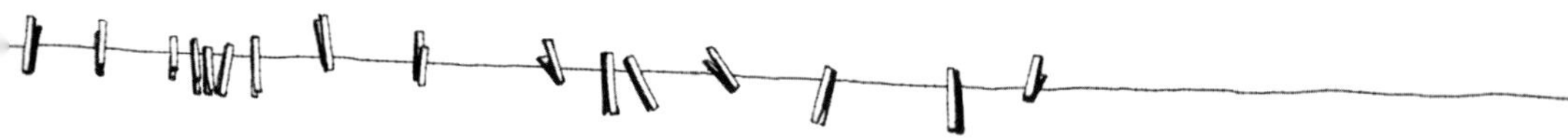

그 여행 때 찍었던 사진들을 굳이 들춰보지 않더라도, 여행 준비 목록에 써넣은 옷의 리스트에서 암울한 기운을 엿볼 수 있다. 회색(가디건). 검은색(티셔츠). 회색(셔츠). 검은색(레깅스). 검은색(원피스). 양말과 속옷에는 굳이 색깔을 써넣지 않았지만, 저 무채색의 그러데이션 어디쯤에 자리 잡은 색깔이었음은 분명하다. 그 여행의 사진 속 내 표정은 왠지 잠에서 덜 깬 듯 보였다. 새벽 세시에 자다 말고 일어나 따뜻한 우유 한잔 마시려고 덮던 이불 어깨에 두르고 부엌에 나온 여자의 몰골이라고나 할까.

여름의 여행은 그런 면에서 좋다. 동유럽에 갔다가 서울에 돌아온 지 삼일 만에 앙코르와트로 향했을 때, 나와 내 여행가방은 신기한 경험을 했다. 몇 벌

안 되는 겨울옷들이 어깨를 겯고 들어앉았던 여행가방을 거꾸로 털어 비워 내고 여름옷들을 채우는데, 넣어도 넣어도 또 들어갈 자리가 남는 것이었다. 열흘도 되지 않는 일정에 체류할 날보다 많은 옷을 넣을 필요는 없다고 손톱 만 한 이성이 내 팔을 잡지 않았다면, 나와 여행가방은 합심하여 어이싸어 이쌰 서랍장 하나분의 여름옷을 다 털어 넣었을지도 모른다. 여행 때마다 나 와 다투고 내가 온 체중을 실어 올라타야지만 잠기는 굴욕을 매번 당하는 여 행가방으로서는 나와 함께 한 세월 중 가장 행복한 추억으로 회상할법한 시간 이었다. 그러나 어쩌랴. 가난한 프리랜서에게 계절을 선택할 여지는 좁다. 싼 비수기와 비싼 성수기의 대결에서 매번 비수기가 이기는 건, 성수기인 여름이 좋다는 걸 몰라서는 아니다.

여행 때 입을 옷을 추려야 한다는 고뇌는 종종 가지고 있는 옷 중에서 골라낼 수 없다는 부르짖음으로 끝나곤 한다. 그것은 단순히 새 옷을 쇼핑하고 싶다는 욕망을 정당화하기 위한 것만은 아니다. 여행 때 입을 옷을 찾아나서는 길은 여행만큼이나 두근거리는 이벤트다. 옷을 입어보며, 쇼윈도 속의 옷을 구경하며, 나는 여행지에서의 나를 상상한다. 그리하여 여행의 일정은 내 마음 속에서 두 배의 길이로 늘어난다.

그렇기는 하지만 몸에 익지 않은 새 옷을 입고 여행을 가는 건 위험한 결정이다. 옷은 여행 중에 나를 담고 있는 간이 집과 같은 것. 모든 낯선 것들 속에 익숙한 냄새를 풍기며 안심시키는 역할을 자임한다. 새 옷과 새 신발은 아직 "내 편"이라는 게 검증되지 않은 낯선 친구 같다. 쇼핑을 즐기되, 가방을 싸기 전에는 한번쯤 더 생각해보아야 한다. 내 체형의 흔적이 남아 있는 길이 잘 든 옷들이 여행의 동료로는 더 제격이다. 이런 이야기를 중얼거리며 새 옷을 채워넣은 옷장과 또 씨름했던 시간들은 묻어두기로 하자. 왜 매번 똑같은 일을 반복하는지 투덜거렸던 시간들도, 음, 추억의 일종이라고 하지 뭐. 입은 삐뚤어졌어도 말은 바로 하랬다고.

요즘의 나는 그 여행의 성격을 규정해주는 단 하나의 아이템을 고르는 데 심혈을 기울인다. 그것이 꼭 실용적일 필요는 없다. 체코에 갔을 때 내가 선택한 옷은 스웨이드 코트였다. 무겁고 충분하게 따뜻하지는 않았지만 발목까지 내려오는 길이의 가죽 코트는 내가 상상한 체코의 풍경 속에 완벽하게 흡수되었다. 돌이 촘촘히 박힌 미로와 같은 어두운 골목길을 빠른 걸음으로 걸어가는 카프카적 인간이 되고 싶었다. 그 풍경을 완성하기 위해 중절모도 잊지 않고 챙겼다. 그때의 나를 떠올릴 때마다 "내가 그곳에 있었다"라는 것을 실감한다. 체코 안에서 나는 내가 생각하는 체코의 이미지를 입고 다녔다. 이토록 완벽한 여행.

이렇듯 심혈을 기울여 골라낸 옷은 여행의 역사를 갖게 된다. 그곳에서 산 것이 아니라 하더라도 그 옷은 이미 여행의 기념품이다. 베트남에서 산 소수민족 사파족의 전통의상, 지중해 바닷가에서 산 랩스커트, 스페인에서 산 카르멘을 주제로 한 일러스트 티셔츠, 방콕에서 산 밀집으로 짠 전통모자 롱만큼이나 체코에서 입었던 가죽 코트는 뭉클한 실체를 갖는다. 내 옷장에는 얇게 저며진 여행지들이 들어찬다. 그 옷이 해져서 결국 버릴 때까지 나는 그 옷에서 체코의 냄새를 맡을 것이다.

내 친구는 고급스러운 모직 핸드메이드 코트를 입고 겨울 유럽여행을 다녀왔다. 그 옷을 입고 안 싸돌아다닌 곳이 없고 안 한 일이 없다고 한다. 단정한 검은 정장코트를 입고 스키를 타는 그의 이미지는 인상 깊게 내 머릿속에 박혔다. 나는 그 친구의 코트를 볼 때마다 눈을 맞아 접착심이 오글오글해진 그 코트의 가슴팍에서 스키를 타고 있는 청년의 마크를 본다. 그 옷은 내 친구에게도 마찬가지겠지만 내게도 그 친구의 유럽여행을 상징하는 상징물이 되었다.

여행지의 숙소에 도착하면 나는 가장 먼저 가방을 열고 옷들을 꺼내서 옷걸이에 걸어둔다. 그 도시에 가장 잘 어울리는 옷을 골라 제일 잘 보이는 곳에 건다. 셔츠와 바지를 개켜 나란나란 늘어놓고, 속옷과 양말은 서랍 깊은 곳에 켜켜이 쌓는다. 몇 벌 안 되는 옷으로도 가득 차는 여행지 숙소의 빈약한 옷장. 옷장 문을 활짝 열고 창문을 열어 거풍을 시킨다. 내게 옷을 걸어두는 행위는 일종의 구역권 마킹이다. 내가 옷을 벗었던 방들은 모두 내 '나와바리'가 된다. 그러므로 사실, 여행지에서 입을 옷을 고른다는 것은 단순한 스타일의 문제를 넘어선다. 그렇기 때문에 우리는 여행이 결정되자마자 거대한 옷장을 상대로 몸에서 사리가 나올 만큼 치열하게 싸우지 않으면 안 되는 것이다.

여행자의
일용할 양식

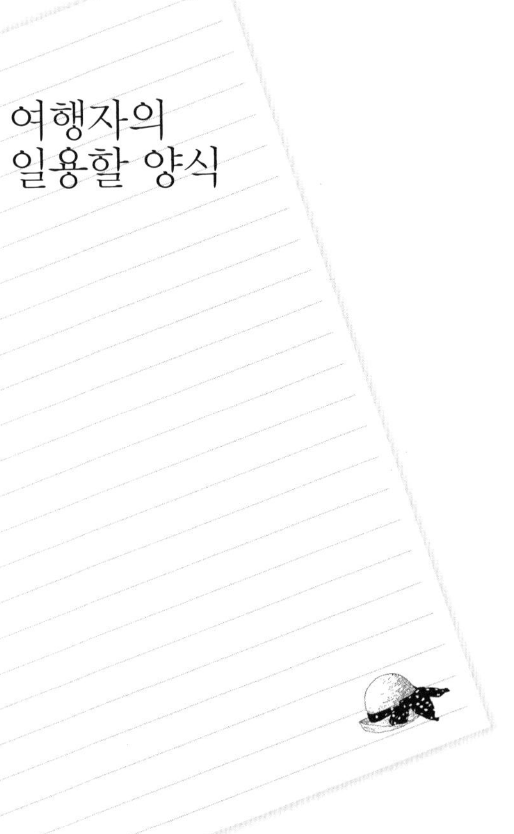

생각보다 많은 이들이 먹을 것을 목표로 여행을 한다. 생각보다, 라는 건 물론 내 생각이다. 식탐이 없는 편은 아니지만 음식에 대한 애착이 많지 않고 특히 여행 가서는 음식을 선택하는 기준이 '경비 절약'인, 기내식으로 나누어준 빵과 비스킷과 소금과 설탕을 (그건 왜?) "식량주머니"에 넣어 애지중지 들고 다니는 나에게 식도락 여행은 한없이 사치스러운 것이었다. 여행이 오감을 동원하는 활동이라면, 나는 시각, 청각, 촉각, 미각, 후각 중에 시각을 가장 중요시한 셈이다. 청각과 후각은 안중에 없고, 그나마 시각 다음으로 촉각을 쳐줄까? 그런 마당에 미각이 무에란 말이냐. 불편한 잠자리와 빈약한 식사는 여행의 동반자 아니더냐.

하지만 이제는 "그곳에서의 그 음식"의 묘미를 어느 정도는 알게 되었다. 이태리에 가면 뭘 먹고 터키에 가면 뭘 먹을지 목록을 뽑고 목표로 삼을 정도까지는 안 되어도, 그곳에서만 먹을 수 있는 음식이 주는 특별한 경험에 대해서는 인정하지 않을 수 없게 된 것이다. 하루키가 오로지 우동 맛만을 보러 일본을 한 바퀴 도는 것을 따라 하지는 않더라도 따라 읽으며 고마워할 줄은 알게 된 것. 그것이 내 여행 이력이 가지고 온 변화라면 변화라 할 수 있겠다. (하루키의 우동 맛 기행은 《하루키의 여행법》에서 읽을 수 있다.)

《기네스 펠트로의 스페인 스타일》은 〈스페인, 다시 떠나는 자동차 여행〉이라는
PBS방송 프로그램을 책으로 다시 만든 것이다. '슈퍼스타 셰프'인 마리오 바탈리
와 음식 칼럼니스트 마크 비트먼, 그리고 음식에 대한 애정이 남다른 기네스 펠
트로와 스페인 배우 클라우디아 바솔스가 한 대의 차에 타고서 스페인의 맛있는
음식을 찾아 떠난다. 산골이니 바닷가 섬이니 가리지 않고 찾아가 그 지방에서
나는 맛있는 것을 먹어보고 레시피도 배워오는 과정은 많은 사람들에게 대리만
족을 주었다. 그 프로그램을 본, 그리고 그 책을 읽은 많은 이들이 "나도 그것을
먹으러 거기에 가고 싶다!"라고 부르짖었으리라.

책의 말미에, 등장인물들은 "거짓말 안 보태고 세계에서 가장 유명한 요리사"인
페란 아드리아와 함께 프라도 미술관에 찾아간다. 음식은 예술인가? 라는 질문
에 대해 이야기를 나누기 위해서다. 음식을 예술이라고 주장하는 페란은 사실 큰
난관에 봉착해 있다. 한 그릇이 가지는 음식의 생명이 너무나 짧기 때문이다.

한번 그려놓은 그림은 (가능한 한) 영원히 살아남는다. 하지만 음식은 그렇지 않
다. "음식은 생명이 짧고, 끊임없이 변화하고 있다." 그렇기 때문에 (그런 게 있다
면) 그 '예술성'은 먹은 이의 기억에만 남아 있을 뿐이다. 그 맛이 아무리 예술적
이라도, 똑같은 레시피로 만들었을지라도, 그 음식이 그전에 먹었던 것과 같은
것일 수는 없다.

예술인지 아닌지는 알 수 없지만, 그러나 바로 그렇기 때문에 사람들은 여행을 결심한다. 그곳에서밖에는 먹을 수 없는 그것, 이기 때문이다. 그림을 보기 위해 그 미술관이 있는 곳으로 여행을 가는 것과는 또 다른 절박함이 있다. 그림은 순회전시를 통해 요행히 우리 눈앞으로 제가 스스로 다가오기도 하고, 이번 아니면 다음에 보러갈 계획을 세워도 되지만, 음식은 그렇지 않다. 내가 그곳에서 그것을 먹지 않으면 나는 영원히 그것을 먹을 수 없다.

나는 예전부터 아르헨티나에 가고 싶었다. 그곳의 소고기 맛이 최고라는 얘기를 거듭 들었기 때문이다. 소고기의 미묘한 맛을 감별하고 "이건 세계에서 삼위 내에 드는 맛이다"라며 장담할 능력은 없어도, 그곳의 소고기 이야기를 할 때 사람들의 얼굴에 떠오르는 그 공통의 표정은 참 탐나는 것이었다. 나도 아르헨티나의 소고기를 먹고 나면 그것을 떠올릴 때마다 저런 표정을 지을 수 있을까? 남미는 여러모로 유혹적인 곳이지만 그중 한 모퉁이는 레어로 구워진, 피 뚝뚝 떨어지는 소고기 스테이크가 단단하게 자리 잡고 있다.

유명짜한 명성을 듣고 먹으러 가고 싶은 게 있는가 하면, 예전에 먹고 돌아와서 계속 은근히 생각나는 것도 있다. 예를 들어 일본과 체코의 맥주와 같은 것. 그 시원하고 쌉싸래한 맛을 보고 싶어서 다시 가고 싶은 곳의 목록에 이름을 올려놓는다. 베트남의 쌀국수는 또 어떤가. 길거리에 놓인 목욕용 플라스틱 의자에 앉아, 판자로 만든 간이 테이블 위에 얹어놓고 먹었던 오백 원짜리 쌀국수는 베트남, 이라는 이름을 발음할 때마다 혀끝에 면발의 탄력이 닿는 느낌이다. 《스페인 스타일》을 읽으면서 계속 군침 삼켰던 것은 그곳에서 먹은 빠에야와 다양한 맛의 타파스의 기억 때문일 테다.

어떤 이들은 견딜 수 없이 끔찍하다고도 하지만, 사실 기내식에 대한 로망도 있다. 차갑게 식었다가 데운 음식을 좁은 좌석테이블에 올려놓고 궁색하게 먹는 기내식이 맛이 있으면 얼마나 있겠는가. 하지만 기내식은 여행의 설렘과 증폭작용을 일으켜 잊을 수 없는 맛이 된다. 오죽했으면 기내식을 콘셉트로 한 밥집이 생겨났을까. 고백하자면, 나도 그곳에서 기내식 세트를 먹었더랬다. 물론 미각적으로는 진짜 기내식보다 훨씬 맛있었고, 정서적으로는 진짜 기내식보다 훨씬 싱거웠다.

기내식뿐이랴. 비행기에서 먹으면 뭐든 특별해진다. 유럽에서 돌아오던 밤의 비행기 안, 다들 불을 끄고 잠들어 있을 때 한 테이블에서 조심스럽게 먹기 시작한 컵라면 냄새는, 자고 있던 모든 이들을 깨우기에 부족함이 없었더랬다. 라면 냄새는 손발이 달린 악마처럼 스멀스멀 퍼져나가면서 사람들의 어깨를 흔들어 깨웠다. 여기도 주세요, 여기도요, 기내는 금세 소란스러워졌고, 급기야 사람들은 모두 불을 켜고 뜨거운 그릇에 얼굴을 들이밀었다. 한국 라면 같은 얼큰함도 없는 일본 사발면. 미지근한 물에 불려먹는 사발면은 그렇게 해서 특별한 추억이 되었다. 지금도 스튜어디스들은 "사발면 주세요"라는 말에 한숨을 쉬겠지. 한 명이 시작하면, 곧 모두의 요구가 될 테니까.

일본항공 비행기를 타며 아사히 맥주를 마시는 맛도 각별하다. 비행기 안에서 고주망태로 취해서는 안 되겠지만, 술을 공짜로 주는 비행기의 시스템은 칭찬 받을 만하다. 오죽했으면 오다지마 마사토와 가와무라 수수무는 《샐러리맨의 해외여행비법》에서 어떻게 하면 술을 비롯한 기내서비스를 더 많이 요구할 수 있을지 요령을 적어놓았을까. 단순히 공짜라서가 아니라, 아니 심지어 공짜이기 때문에 기내서비스는 들뜬 여행자들을 위한 알찬 시스템이 되어준다.

여행은 지금 이곳의 음식들도 특별하게 만들어준다. 음식을 가리지는 않지만 여행이 길어지면 '돌아와서 먹고 싶은 것'의 목록이 점점 늘어난다. 떡볶이, 닭볶음탕, 육개장… 특히 맵고 짠 것을 중심으로 길어지던 목록은 급기야 가게 이름까지 앞에 달게 된다. 어디어디의 칼국수, 어디어디의 김치찌개. 지중해 유람을 마치고 돌아오던 비행기 안에서 내가 간절하게 원했던 것은 집 근처 카페의 에스프레소였다. 여행지에서 못 먹은 것도 아니건만 그곳의 에스프레소가 특히 그리웠다. 서울에 돌아오자마자 그 카페로 뛰쳐들어간 나는 말 그대로 카운터에 선 채 "한 잔 얼른 뽑아주세요"를 외쳤다. 그래서 맛있었느냐고? 물론 맛있었다. 카페 카운터 앞에 서서 원샷으로 마셨던 뜨거운 에스프레소의 기억은 아마 앞으로도 오랫동안 잊히지 않을 터. 때문에 나는 더더욱 여행을 떠나고 싶어진다.

잡동사니
대처법

이사 간 얼마 뒤, 후배가 새집에 놀러왔다. 음기가 센 동네에서도 음기가 유독 센 집이라고 공인된 집이다. 귀신이 바글바글하다고 소문이 자자했다. 과학적으로 증명되지 않은 현상들에 관심이 없지는 않지만 그닥 절실하게 믿는 편도 아닌 터라, 이사 오기 전부터 이 집에 대한 소문은 들었지만 개의치 않았더랬다.

눈에 보이지 않는 기의 흐름을 제법 몸으로 느낄 수 있다고 주장하는 후배는 "어, 누나, 이 집 굉장한데" 부터 시작해서, 집 안에 떠도는 심상찮은 기운에 대해서 제법 전문가스러운 의견을 내놓았다. 얘기 끝에, 그는 단언하듯 말했다. "이 집의 귀신들은 누나를 좋아해." 약간의 의기양양함이 담긴 "왜?"라는 내 질문에 대한 그의 대답은 간명했다. "둘러봐 누나, 이게 바로 무당집이야."

여행기념품들은 대개가 잡동사니다. 어쩔 수 없다. 여행 가서 가구를 사올까, 집을 사올까. 여행가방에 넣어올 수 있을 정도로 작은 것들은 대부분이 잡동사니를 못 면한다. 작은 장식품들, 기념품들, 옷, 유용하지만 잡다한 도구들. 살 때는 기쁘고, 돌아와서 하나하나 펼쳐볼 때는 선물이라도 받은 양 뿌듯하지만, 문제는 보관이다. 추억은 공간을 필요로 하지 않지만 물건은 다르니까.

내가 사온 것뿐이랴. 여행 다녀온 이들의 소소한 선물도 잡동사니의 동산에 제 몸을 보탠다. 고양이를 좋아한다 소문이 나고 보니 고양이 장식품 선물도 심심찮다. "네 생각이 났어"라며 건네는 고양이 장식품들. 무한한 기쁨을 주지만 집에 오면 놓을 곳을 찾느라 서성거려야 한다.

잡동사니들도 모이면 '컬렉션'이 된다. 고양이 장식품들이 그렇다. 하지만 그들이 늘어선 모습은 "무당집"이라는 별칭이 어색하지 않게 잡다하다. 이래서 사람들이 장식장을 사는 거구나. 하지만 '장식장'이라는 수납가구를 사면 해결이 되나? 급기야, 내 삶을 잠식해 들어오기 시작한 잡동사니들의 자리를 만들어주기 위해 나는 집을 넓히고 전세금을 벌기 위해 허덕허덕 달린다. 그들은 내가 부양해야 할 식구가 된다.

하지만 여행에서 기념품을 사는 것을 포기할 수 있을까? 작고 저렴하지만 큰 기쁨을 주는 물건들 앞을 아무렇지도 않게 지나올 수 있을까? "지나간 쇼핑은 돌아오지 않아!"를 외치며 만나는 모든 가게들마다 들락거리는 내 그간의 여행 행태를 돌아보며, 나는 고개를 가로젓는다. 잡동사니를 사는 기쁨은 여행의 큰 즐거움 중 하나다. 뚱뚱해져가는 여행가방을 보며 한숨을 쉬고 보조가방을 펼치면서도 "왜 샀을까"라는 후회는 절대 하지 않았던 나다. 이제 와서 내게 잡동사니로 가득 찬 집의 사진이라도 들고 다니며 마음을 다잡으라 한들, 하늘하늘 이국의 하늘 아래 날아다니는 마음이 잡힐 리 있겠는가.

방법이 없는 것은 아니다. 가장 정석인 방법은 아예 밀고 나가서 "고양이 박물관"이라도 여는 것이다. 박물관은 거창하다고? 그럼 고양이 콘셉트의 카페는 어떨까. 먼지를 뒤집어쓰고 구박받던 고양이 장식품들은 수많은 사람들의 사랑스러운 눈길에 의연하게 제 몸을 세울 것이다. 문에는 체코의 연금술사 골목에서 사온 무겁기 이를 데 없는 청동 현관문 장식을 달아야지. 고양이 입에 달린 커다란 고리를 땅땅, 치면 입장 가능. 팸플릿은 지인이 호주에서 사다준

유리 고양이 문진으로 눌러놓을 테다. 아까워서 쓰지 못하고 있는 각종 고양이가 그려진 컵들을 카페에서는 쓸 수 있을까. 고양이 캐릭터 물건들의 메카라 할 수 있는 일본에서 사온 장식품들은 따로 모아 '일본 특집 장식장'도 꾸밀수 있을 것이다. 물건마다 얽힌 풍부한 이야깃거리는 제법 단골을 끌어모을테지. 나 혼자만 보고 즐기던 물건들은 손님들의 시선뿐 아니라 잡지사의 카메라 앞에서도 제 자태를 뽐내리. 그 밑에는 조그맣게 카페 이름도 박히리라.

몇 알고 있다. 30년간 모은 2천 개가 넘는 부엉이 캐릭터들로 가득 찬 카페겸 박물관인 '부엉이 박물관'이 그렇고, 생겼다 사라져간 많은 고양이 카페들이 그랬다. 외국을 여행하다 만난 몇몇 카페들도 집 안에 꾹꾹 눌러담아 놓았던 잡동사니들이 터져 나와 카페가 되었구나, 공감하게 했다. 여행 콘셉트의카페들은 세계 이곳저곳에서 실려온 소품들을 아기자기 머리에 이고 있다. 모아놓으면 손때묻은 낡은 지도조차 아릿한 의미를 띤다. 그렇게, 구박받던 잡동사니들은 제자리를 찾더라.

하지만, 그래서, 잡동사니 때문에 인생을 바꾼다고? 그것은 안 될 일. 박물관이나 카페를 낸다는 건 직업을 바꾼다는 얘기다. 카페를 내기 위해서 해야 할일들을 헤아려보다가 머리를 절레절레 흔든다. 몇몇 자유로운 영혼들은 그렇게 카페를 차려놓았다가도 몇 달간 문 닫고 여행을 떠난다지만, 소심한 나는온종일 카페에 묶여 먼지떨이로 고양이 머리를 쓰다듬으며 자유롭게 여행하던 시절을 그리워하게 되겠지.

할 수 없다. 두 번째 방법을 찾는다. 다음 방법은 조금 과격하지만, 애초에 '소모품'을 사는 것이다. 없으면 불편한 일용품과 쓰면 없어지는 소모품은 어차피 사야 할 것. 여행기념품을 이런 것들로 채우면, 매일 쓰면서 여행의 추억도 퐁퐁 만끽하고 모아놓은 것들도 솔솔 사라질 것이니 보관의 부담 또한 없어지는 것 아닌가.

그 결과, 내 화장실은 "여행기념품"으로 가득 찼다. 비누와 입욕제는 가장 만만한 잡동사니다. 샤워커튼과 침대보도 일본여행 때 사온 것이다. 싱크대 앞에 걸어놓은 끈달린 비누에는 'Czech(체코)' 두 글자가 선연하다. 얼음집게는 스페인에서 사온 것. 그리고 보니, 세제용 스푼도 스페인에서 사온 것이로구나. 병따개를 집어온 로제호텔은 체스키 크루믈로프에서 가장 예쁜 호텔이었다. 타이항공의 티스푼은 그들이 가져간 내 주머니칼 대신 앙심을 품고 집어온 것이다. 냉장고 자석들은 냉장고뿐 아니라 철제 문에도 착 달라붙어 내 정신없는 메모들을 보관해준다. 벌써 몇 통의 보디로션들은 현지의 향기를 간직한 채 내 몸으로 쪽쪽 흡수되었다. 사탕과 과자, 오차즈케와 일회용 된장국. 먹어치운 것들은 말할 필요도 없으리.

물건이 없어도 추억은 없어지지 않는다. 여행의 흔적은 몸에 남고 머리에 남는다. 여행을 통해 나는 조금쯤 다른 사람이 된다. 미세하게 바뀌었을 뿐이지만, 그 변화를 통해 지금의 내가 만들어졌다는 것은 내 앞에 놓여 있는 고양이 인형의 실체감만큼이나 확실한 사실이다. 그것을 믿는다 해도 '기념품' 사는 것을 멈추지는 않겠지만, 사실, 그래도 괜찮다. 기껏 해봐야 귀신들마저 좋아하는 "무당집"에 살기밖에 더하겠는가.

내가 찍은 사진,
나를 찍은 사진

사진 찍히는 걸 싫어하는 것은 아니지만 이상하게도 여행을 가면 사진 찍히는 걸 꺼리게 된다. 에펠탑 앞에서, 그랜드캐니언 앞에서 똑같은 포즈와 표정으로 찍은 사람들의 사진을 너무 많이 본 탓에 나도 그런 모습이 될까 스스로 경계한 탓이 클 것이다. 그리고 사실, 제대로 자지 못해 부스스한 표정과 후줄근한 옷차림을 굳이 사진에 남겨서 무얼 할 것인가. 내 기억 속의 나는 시크한 여행자인데, 이런 류의 '증명사진'들은 스스로 애써 만든 환상을 깰 뿐이다.

밀라노에 갔을 때, 민박집 주인은 나와 일행의 사진을 찍어주겠노라 자처하고 나섰다. 날씨는 흐렸고 오슬오슬 추운데다 여행 내내 덕지덕지 껴입은 옷은 남루할 대로 남루해져 있었다. 촌스럽게 사진은 무슨, 이라는 심정으로 퉁명스럽게 거절하자, 그 남자의 얼굴에는 '아, 알겠다'라는 표정이 떠올랐다. 나중에 생각해보니, 그는 나의 여행동료와 내가 불륜관계라고 생각했던 듯하다. 그렇지 않고서야 같이 찍어주겠다는데 저렇게까지 사양할 이유가 있겠나? 싶었던 것일 게다.

그러므로 내 앨범에는 내가 찍은 사진들투성이다. 내가 찍힌 사진은 거의 없다. 예외는 단 한 번뿐이었다. 단체로 지중해와 동유럽을 한 달간 돌았던 여행이었는데, 하드를 날리면서 내가 찍힌 사진만 남았다. 친했던 분이 꽤 많은 내 사진을 찍어서 인화해주셨는데 그 사진 뭉치를 빼고는 단 한 장의 사진도 남지 않았던 것. 이것이 디지털의 폐해일 텐데, 그럼에도 필름카메라로 회귀하지 못하는 것은 편리함에 중독된 때문이겠지.

사실 내 얼굴이 들어가 있지 않아도, 내가 찍어오는 수천 장
의 사진들은 다 내 마음에 쏙 들었다. 나는 없어도 내가 보는
시각, 내가 보는 각도가 그 안에 고스란히 담겨 있다. 그 각
도에서 바라보면 보이는 풍경들. 그 사진들 안에는 사진 찍을
당시의 내 감동과 심경이 함께 박혀 있다. 다 비슷비슷한 여
행사진들이라 해도, 그렇기 때문에 내가 찍은 사진은 내게 의
미가 있는 것이다. 여행동료는 내 사진이 주로 세로컷임을 지
적했다. 세로로 찍은 사진들은 나중에 다운받아 손질하는 데
좀 더 시간이 든다는 걸 알지만, 그래도 나는 하늘과 땅이 한
꺼번에 담기는 풍경을 포기하기 어려웠다. 날선 송곳처럼 그
곳에 콕 박혀 선 내 심정은 세로컷 사진에서 그나마 좀 담긴
다,라고 생각했구나. 돌아와 프로그램을 열고 다운받은 사진
의 방향을 한 장 한 장 돌리면서 그 하늘 아래 그 땅을 딛고
서 있던 나를 생각했다.

《뉴욕에서 사는 여자》의 저자 권지현은 이렇게 말한다. "같
이 출사를 나가면 남편의 주 모델은 건물이나 풍경, 인물이
고, 나는 색이나 소품을 주로 담는다. 그렇다 보니 찍고 나
서 보면 어떤 사진이 누구건지 금방 알 수 있다. 같은 건물을
찍어도 남편의 사진 안엔 건물의 구도와 하늘이 섞여 들어간
비례 정도가 주제가 되는 반면, 나의 뷰파인더로는 건물 출
입문의 손잡이가 클로즈업되는 식이다. 종종 남편은 그게 바
로 남자와 여자의 거시적이고 근시안적인 안목의 차이라고
농담 삼아 우긴다. 그러거나 말거나 사진 찍는 취향이 다른
탓에 다양한 사진을 소유할 수 있다는 것에 나는 충분히 만
족한다."

내가 투영된 사진들은 내가 찍힌 사진만큼이나 의미가 있다는
건 사실이지만, 자신의 얼굴을 남기는 일의 유용성, 인정하지
않을 수는 없다. 사실 여행하는 나 자신도 내게는 흥미로운 "여
행지" 아니겠는가. 먼 시간이 지난 뒤에, 그날의 내 표정을 보
며 나는 그때의 감정을 다시 한번 곱씹어본다. 그때의 나는 지
금의 내가 보기에는 낯선 여자일 뿐이지만, 그렇기 때문에 그때
는 거리를 가지고 보지 못했던 것들을 비로소 보게 된다. 가끔,
아쉽기도 하다. 이런 표정들, 이곳에서의 이 얼굴, 더 많이 가지
고 있지 못한 것을. 그때의 나이기 때문에 이해할 수 있고 그때
의 내가 아니기 때문에 더 이해할 수 있는 어떤 감정들을 발견
할 때마다 더욱 그렇다.

그러므로 내가 찍은 내 사진이기도 하고 내가 찍힌 내 사진이기
도 한 '셀카'야말로 여행사진으로서는 최고인 게 아닐까? 그 안
에는 내가 본 것과 내가, 둘 다 들어 있다. 셀카도 잘 찍기 위해
서는 능력이 필요하니 쉽지만은 않겠지만 다음 여행 때는 셀카
에 도전해볼까 하는 생각이 무럭무럭 든다. 초췌하고 피곤에 절
어 있겠지만 배경은 초점에서 벗어나 막 날아가기 쉽겠지만, 내
가 내게 보내는 엽서 한 장을 적는 기분으로. 그곳에서 본 수많
은 것을 담은 눈동자로 카메라 렌즈를 똑바로 쳐다보면서.

여행을 기억하는
또 하나의 방법

터키의 작은 소도시, 그곳에서도 눈에 잘 띄지 않는 수예점에 들어간 이유는 털실 한 뭉치를 사기 위해서였다. 특산품이랄 수 없는, 생필품에 가까운 물건들이 먼지를 뒤집어쓰고 쌓여 있었다. 그곳에서 나는 대바늘 한 쌍과 은사가 섞인 파란색 실 뭉치를 골랐다. 한참 고르고 있을 때 우리 일행 중의 한 명이 그 수예점에 불쑥, 들어섰다. 길지 않은 자유시간 동안 어디를 갈까 고민하다 같은 결론에 도달한 사람을 만난 것이다.

황량한 터키 내륙을 거의 열 시간을 들여 하루 내내 달리는 일정이었다. 대부분의 배낭여행객들은 밤버스를 이용하는 코스다. 하지만 연장자가 많은 우리 일행은 여행 일정을 늘리더라도 낮에 이동하는 방법을 택했다. 그래서 얻은 건 확실히 피곤함이 덜하다는 것, 그리고 삭막하지만 아름다운 풍경을 계속 지켜볼 수 있다는 것이었다. 그리고 문제는, 정말 아무것도 할 게 없다는 것이었다.

그래서 뜨개질을 하기로 했다. 복잡하고 어려운 패턴일 것도 없었다. 안뜨기, 겉뜨기, 안뜨기, 겉뜨기만 반복하면 되는 목도리였다. 차 안에서 글자를 못 읽는 체질에도 그나마 할 만했다. 자다가 지치면 목도리를 떴다. 일행들이 볼 때마다 누구 줄 거냐고 물었지만 누구를 줄 계획으로 산 건 아니었다. 소일거리가 필요했을 뿐이다.

지금 보면 좀 촌스러운 색깔의 그 목도리는 터키여행 기념품으로 남았고, 나와 수예점에서 우연히 마주쳤던 일행이 뜬 모자는 여행이 끝날 무렵 수고한 총무님께 선물로 증정되었다. 둘 다 특별했다. 터키의 털실이 유명하다는 얘기는 어디서도 들어보지 못했지만, 터키에서 산 털실로 터키에서 뜬 목도리는 상인들이 기념품으로 주는 싸구려 나자르 본죽보다 훨씬 더 좋은 기념품이 되었다. 그 물건에는 그날 그곳에 있었던 '나'의 시간과 노동력이 스며들었다. 그보다 더 쫀쫀하게 여행을 추억하게 하는 물건도 많지 않으리.

체코의 숙소에서 만났던 아가씨도 뜨개질을 하고 있었다. 그곳은 싼 숙소인 만큼 장기투숙자가 많았는데, 아마도 그중의 한 명이었으리라. 저녁마다 작은 공동거실에 모여 앉은 사람들 사이에서 그녀는 수다에 참견하면서 쉴 새 없이 손을 놀렸다. 같은 숙소에 묵던 다른 한 명의 장기투숙자와는 꽤 대비되는 모습이었다. 그는 부엌이나 거실을 어슬렁거리며 신참 손님들을 괴롭히는 데서 재미를 느끼는 모양이었다. 그가 남자라는 건 아마도 우연의 일치였겠지만, 그 덕분에 그녀의 뜨개질이 더 빛났던 건 사실이다. 그녀가 만든 것은 어디로 갔을까. 아마도 그녀를 졸졸졸 따라가 이국의 추억을 빛내며 그녀의 옷장 속에 들어앉지 않았을까. 가끔 그녀의 가느다란 목덜미에 얹혀나가 재미있는 수다의 소재가 되어주지 않았을까.

뭔가 손으로 만들기 좋아하는 사람들의 쇼핑 목록에는 반드시 '재료'들이 들어간다. 천 사러 일본 간다는 사람들만큼의 열정은 아니었지만, 나도 일본 벼룩시장에 가면 천 뭉치들을 눈여겨보곤 했다. 일본 고유의 문양이 든 천들이 보일 때마다 족족 바구니에 담았다. 옷 만들고 남은 자투리 천들을 비닐봉투에 담아 파는 것을 삼백엔에 사왔을 때도 그랬다. 그 천조각들로 만든 여권

지갑은 내게 특별한 의미가 있는 물건이 되었다. 여행에서 돌아온 나는 그곳에서 사온 재료들로 꼬물꼬물 뭔가를 만들며 또 여행을 떠날 준비를 한다. 여권을 담은 그 지갑은 내게 지난 여행을 생각하게 하는 한편 떠날 여행을 기다리게 했다.

질 좋은 주방용품을 사는 것도 괜찮겠지. 그 지역 출신의 패션브랜드 제품을 싸게 살 수도 있을 테다. 온갖 특산물들은 또 어떤가. 쇼핑은 여행에서 떼려야 뗄 수 없는 것이다. 하지만 단순히 '완제품'들을 사서 저 나라에서 이 나라로 갖고 온다는 것, 그것만으로 만족할 수 있을까. 여행을 이루는 커다란 두 요소는 '그곳'과 '나'이다. 완제품으로 만들어진 여행기념품들은 '그곳'을 담아온다. 나는 그 기념품들을 들고 이곳으로 돌아온다. 그렇다면, 그곳에서의 '나'를 담고 있는 것은 무엇일까? 납작한 사진 몇 장들?

얼마 전에 친구의 전시 오프닝에 갔다. 독특한 색감으로 유명한 그녀의 작품들이 걸려 있는 전시장 한가운데에는 아주 독특한 색깔과 문양의 테이블보가 깔린 테이블이 있었다. 테이블보였지만 또한 작품의 하나처럼 보이기도 했다. 인도와 파키스탄 접경 지역에서 그녀는 그 천을 사기 위해 현지인을 따라 위험한 길을 나섰다 했다. "왜요?"라고 묻자 "예쁘니까요"라는 대답이 돌아왔다. 그 천은 서울로 돌아와 테이블보가 되었다. 그녀가 직접 염색하거나 문양을 그려넣은 것은 아니지만 그것을 발견한 것은 그녀의 안목이었다. 특별한 날마다 그녀를 빛나게 하는, 온전히 그녀를 드러내는 소품.

낯선 나라에서 사온 무엇인가를 가지고 이곳에서 유용한 것을 만들어
낼 때 나는 내가 꿰매고 있는 게 단순히 물건이 아니라는 것을 안다.
나는 "저곳"을 가지고 와 바로 "이 땅"에 꿰매 붙이고 있는 것이다. 먼
데서 와 어리둥절한 물건들에게 이 땅의 호적을 만들어주고 있는 것이
다. 그들은 나를 통해 이 땅에 정착하고, 또 나에게 그곳의 기억을 쉴
새 없이 물어다준다. 땅굴을 파듯 나는 콕콕 바늘로 파들어간다. 내가
갔던 곳으로 다시 가는 길.

미소

여행에서 돌아온 지 얼마 안 된 어느 날, 길을 걷다가 문득 멈
춰 섰다. 단순히 집으로 돌아왔다는 것으로 설명이 안 되는
편치 않은 위화감 때문에 마음이 꼬들꼬들하다가 드디어 깨
달았던 것이다. 내가 웃지 않고 있다는 것을. 내 머리보다 내
몸이 먼저 서울에 적응하고 있었다. 그때 알았다. 낯선 도시
에서의 나와, 서울에서의 내가, 어디서 가장 다른가를. 서울
에서의 내가 낯선 도시에서의 나보다 조금 더 목욕을 자주 하
고 조금 더 깨끗한 옷을 입고 있는 것은 아무것도 아니었다.
나는, 웃지 않고, 있었다.

여행을 떠나면 나는 웃음이 헤퍼진다. 공항에서부터 아무나
보고 웃는다. 길을 가다가 눈이 마주치면 웃고, 주문하면서
웃고, 버스 타다가 웃고, 유리창 밖을 내다보다가 웃는다. 여
행을 떠나왔다는 붕붕 뜬 마음 때문만은 아니다. 대부분, 다
들 그러기 때문이다. 그렇게 하면 마음이 부드럽고 행복해진
다는 것을 아는 사람들이 사는 곳들이었다, 대부분.

말이 통하지 않는 이들은 표정으로 이야기한다. 내가 너에게
호의를 가지고 있다는 것을, 이곳이 너의 마음에 들었으면 좋
겠다는 것을 한 장의 선명한 미소로 이야기한다. 그 나라의
서툰 언어로 인사말을 건네면 인사를 받는 사람뿐 아니라 그
주변의 사람들도 약속한 듯 환하게 웃는다. 내가 여행자인 것
을 몰랐어도 마찬가지다. 미소는 그들이 친절을 베푸는 한 방
식이다. 뒤따라오는 이를 위해 열린 문을 잡아주면서 웃고,
떨어뜨린 물건을 주워주며 웃고, 상대가 웃으면 같이 웃고,
아무 문제도 없다는 것을 말해주기 위해 안심하라며 웃는다.

그러하기에 웃어도 편한 웃음이 돌아오지 않는 나라들, 예를 들어 스위스 같은 곳에서 나는 좀 시무룩했다. 낯선 이의 웃음을 아첨이나 무마로 보는 사람들이 사는 도시들, 그런 도시들은 기억 속에서 채도가 낮아졌다. 그리고 사실, 서울도 그런 도시이다. 눈이 마주치는 사람들에게 웃어 보이면 대부분의 반응은 '당황'이다. 아는 사람인데 자기가 기억을 못 하는 게 아닐까 생각하는 것이다. 아니면 '수작' 취급을 받는다. '훗, 이놈의 인기란'이라며 쿨하게 사라지는 사람은 재수 없지만 무해하다. 문제는 '수작'에 '걸렸다'라고 생각하는 사람들이다. 사심 없는 웃음이 사심 없이 되돌아오지 않는 나라들은 슬프다. 내 얼굴도 딱딱해진다. 깨달았건 깨닫지 못했건 간에.

여행지에서 웃음이 헤퍼지는 건 간 곳의 특성 때문만은 아니다. 여행지에서 찍은 사진들을 보면 기분이 좋아지는 이유는 그 웃음들 때문이다. 김치, 혹은 치즈, 이런 구호에 맞춰 만들어졌을 미소들이지만 작위적이지 않다. 카메라 앞이면 자동적으로 만들어지는 근육의 움직임을 넘어서는 기쁜 감정이 그 사진들 속에는 실려 있다. 잦은 미소에 유연해진 얼굴 근육들이 가닥가닥 드러난다. 예쁘지 않았을 얼굴들이 둥글게 예뻐진다.

모든 사람들의 웃는 얼굴이 "예쁜" 건 아니다. 입꼬리가 한쪽만 유난히 올라가는 사람들, 웃을 때마다 얼굴이 퍼그처럼 구겨지는 사람들은 웃음 자체가 콤플렉스일 법하다. 하지만 여행지의 사진기 앞에서 그들의 미소는 예외 없이 예쁘다. 누구에게 보여주기 위한 미소가 아니라, 내가 그곳에 있다는 것을 만끽하는 미소. 그 기분을 아는 사람들은 웃는 사람의 얼굴에서 자신의 미소를 본다. 사심 없이, 어떤 계산도 고려도 없이 저절로 떠오르는 미소. 여행지에서 찍은 사진 속의 미소는 그래서 불순물이 없다. 맑다.

어찌 저절로 웃음이 떠오르지 않겠는가. 여행은 일상에서 굳어져 있던 마음을 살살 말랑말랑하게 어루만져준다. 아름답고 신기한 것들을 바라보며 찡그렸던 이마는 환하게 펴진다. 굳게 다물었던 입꼬리가 헤실헤실 풀어지고 저절로 감탄이 떠오르던 눈동자는 눈초리와 함께 활처럼 굽는다. 여행이란 그런 것. 마음 깊은 곳에서 미소가 떠오르는 순간이 없다면, 그 여행은 마력을 잃은 것이다.

사실 웃음에 사심이 들어가지 않기란 어렵다. 굳이 '수작'이 아니라도 마찬가지다. 한 연구결과에 따르면, 여자의 93퍼센트는 상대가 웃으면 같이 웃어주는데, 남자는 67퍼센트 정도가 같이 웃어줄 뿐이라고 한다. "미소야말로 사람의 마음을 끄는 제일 좋은 방법"이라는 사실을 사람들은 아이 적부터 일찌감치 배운다. 환심을 사기 위해, 호감을 사기 위해 일부러 미소 짓는 것이다. 그중에서도 '미소 짓지 않는 여자는 욕을 먹는 사회'에서 살아남기 위해 남자들보다 여자들이 더더욱 미소에 집착한다. 미소가 일종의 살아가는 기술이 되는 것이다. 그러다 보면 미소 짓는 본인 스스로도 구별하기 힘들 테다. 내가 어떤 미소를 짓고 있는지.

'살아가는 기술'로서의 미소와, '저절로 떠오르는' 미소. 사람들은 그 두 미소의 차이를 연구하고 각각 "팬아메리칸 미소"와 "뒤센 미소"라 이름을 붙였다. "뒤센 미소"는 진심으로, 마음에서 우러나서 짓는 미소이다. 이 웃음의 외면적인 특징은 양 입꼬리가 위로 올라가고 눈초리에 주름살이 생긴다는 것. 프랑스의 신경학자 뒤센이 그 특징을 발견했다 하여 그런 이름이 붙었다. 그에 비해 팬아메리칸 항공사 승무원들의 미소에서 그 이름이 유래한 "팬아메리칸 미소"는 눈이 웃지 않는다. 누군가 웃고 있는데도 왠지 웃지 않는 느낌을 받을 때 우리는 그의 눈을 유심히 봐야 한다. 진짜 웃음인지 가짜 웃음인지 가려내기 위해서.

여행 가서 사진은 거의 찍지 않는 편이지만 가끔 내가 찍힌 사진을 찾아낼 때가 있다. 그 속에서의 내 미소를 곰곰이 들여다본다. 자각하고 있지 않더라도, 사진기를 향해 짓는 미소는 아마도 미래의 나, 여행에서 돌아와 구질구질한 여행가방을 풀고 뜨끈한 방바닥에 앉았을 나를 향한 미소일 테다. 이미 호감을 갖고 있기에 호감을 구할 필요도 없는 사람 아닌가. 그러므로, 이 미소는 진정 스스로의 마음을 얼굴 위로 끌어올린 미소일 것이다. 사진 속의 내 눈초리가 어떻게 움직였을지 사진만으로는 확인하기 어렵지만, 그날의 기분을 떠올려보며 나는 같은 미소를 짓는다. 100퍼센트 오리지널 "뒤센 미소"를.

그러한 미소들을 모아보면 '여행 행복지수'를 계산할 수 있지 않을까? 내가 지었던 미소들은 물론이거니와, 나를 보고 웃어준 사람들의 미소까지 포함해서 셈을 해보는 거다. 그중에서 점원이나 직원들의 팬아메리칸 미소를 골라내어 버리고 나면 내 여행의 '행복도'가 오롯이 떠오르지 않을까? 눈가에 가득 주름을 잡으며 지었던 미소들을 한 장 한 장 추려내어 앨범에 담는다면, 그 두툼함으로 그 여행의 행복 정도를 가늠할 수 있지 않을까? 그러므로, 여행에서 돌아와 주름살이 늘었다며 푸념할 일이 아니다. 눈가의 주름살이야말로 내가 진정 행복했다는 증거일 수도 있으므로.

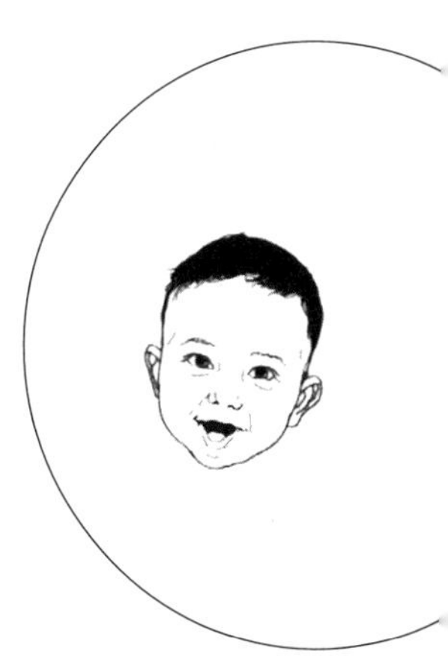

삶은
여행이니까,
여행은
삶이니까

여행을 하면서 흘러가는 법을 배웠다. "나중에"와 "다음에"가 없는 삶. 나는 늘 다른 시간과 다른 장소에 있으니, 어쩌겠는가. 미뤄둔 것들은 가뭇없다. 두고 온 것들은 요원하다. 그들을 어디서 만날까. 주소도 없이 전화번호도 없이, 밟았던 길 다시 밟는 일 없이 스쳐 지나가는 법을 배웠다. 끈적거리며 남지 않는 법. 잊어버리고 잊히는 법.

평화로웠다 할 수 있을까. 미련이 없었다 할 수 있을까. 세상은 드넓었지만가야 할 길은 좁았고, 모든 이별은 전쟁 같았다. 억지를 부리면 짐이 무거워졌고, 욕망에 충실하면 발이 무거워졌다. 무거운 몸과 무거운 짐. 무거운 신발과 무거운 주머니. 무거운 눈과 무거운 손톱. 내 마음은 내가 지나온 모든 기슭에 남아 집에 돌아오면 내가 허당 같았다. 텅 빈 껍질만이 익숙한 침대 위에 부려졌으니 몸은 무거운데 남은 건 없었다. 그건 여행이 아니었고, 그건 여행이었다.

그랬지. 가방이 없다면 내 눈 속에라도 넣으려 애썼지. 눈 속에 너무 많은 걸 담아 눈물이 있을 곳이 없었지. 둥그런 안구 속에 꼬깃꼬깃 넣어진 모든 것들은 드럼세탁기처럼 돌고 돌아 결국은 색깔만이 남았지. 웃음만 남기고 사라진 체셔고양이처럼 색깔만 남기고 사라진 그 모든 것들. 날아가야 하는 본성을 접어 껍질만 담아온 단단한 여행가방. 뚜껑이 닫히지 않는 여행가방을 아침마다 붙잡고 애썼지. 가두려 하고 가져오려 했지. 곧 녹아내릴 것들. 곧 형체를 잃을 것들. 곧 냄새를 잃을 것들. 곧 부패할 것들.

그리하여 기억 없이 살 수 없다고, 그리하여 사진 없이 허무하다고. 그리하여
편지 없인 무정하다고, 그리하여 추억 없이 나도 없다고. 하지만 반짝이는 길
도 아픈 길도 어두운 길도 마찬가지, 모든 길은 흘러서 사라진다. 빠르게 흘
러가는 시간 속에서는 모든 길은 하나의 주사선이 되어버린다. 그 길의 아삭
아삭한 느낌을 몸은 기억하지만, 어쩌랴, 그 길의 모든 모래들을 퍼올 수는
없는 법. 강물이 강바닥을 끌어안아보라. 남는 것은 생채기뿐. 길고도 긴, 끝
도 시작도 없는 생채기가 마치 길과 같이 뻗어보았자 불편한 꼬리처럼 문 앞
에서 잘릴 수밖에. 그러니 두고 올 밖에. 카이사르의 것은 카이사르에게로,
시간의 것은 시간에게로. 문 너머의 것들은 문고리에 걸어두고, 길의 기억은
길에게로.

그러나 그럼에도 내게 남는 것들이 있다. 몸에 각인되는 것들. 내가 통과해온 시간과 공간들이 내게 남긴 흔적들. 그렇기 때문에 우리는 이 가볍지 않은 몸을 일으켜 떠나야 하니 내가 혼자 걸어갔던 시간들이 내가 된다. 보리밭을 걸으면 보리가 되고, 사막을 지나면 황금빛 모래가 되고, 비바람 속을 걸으면 춤추고 놀고 날뛰는 빗방울이 되리니, 내가 무서워하는 것은 내가 아닌 나. 내가 두려워하는 것은 더 나은 나. 그러므로 나는 끌어안아야 한다. 무서움과 두려움을 통과한 나, 내 몸에 남은 길의 흔적들. 그 길들이 나를 세공했으니 불타는 링을 통과하기 직전의 사자가 움츠러들듯, 무딘 내가 정교한 나를 눈부셔하리.

나는 오래된 노트. 내가 풍경 속을 통과하듯, 투명한 것들이 내 속을 통과해 길을 낸다. 나는 길 위를 가고, 길은 또 내 속을 흘러가니, 다 두고 왔지만 그것들이 다 내 속에 있구나. 안구 속의 모든 것들을 비우고 눈물로 가득 채워놓

았더니, 그 눈물들이 잉크가 되어 그 모든 것들을 오래된 문자로 기록해놓았구나. 투명한 페이지와 투명한 잉크, 투명한 문자와 투명한 노래. 그러니 여행을 떠나지 않을 수 있을까. 밖으로는 풀려나가고 안으로는 감겨드는 그 특별한 순간들이 태엽을 감듯 나를 감아 앞으로 걸어가게 만든다. 오르골의 종이테이프처럼 내 속에서 노래가 흘러나오게 한다.

내가 걸었던 길을 말해주면 그들은 내가 누구인지를 말해주리. 쉬지 않는 타자기가 뱉어낸 활자 빼곡한 종이들처럼, 길 위에 내가 새겨져 있다. 내가 가진 것이 나를 말해주지 않는다. 나를 말해주는 것은 내가 가지지 않은 것들. 내가 두 손 놓은 것들. 내가 흘려보낸 것들. 내가 스쳐지나간 것들. 눈빛들. 미소들. 인사들. 삶은 여행이니까. 언젠가 끝나니까. 끝나고 돌아와서 가방을 열었을 때 우리는 그 안에서 발견할 수 있으리라. 모래 한 줌을. 그 한 알갱이 알갱이가 지구와도 같은, 아무것도 아닌 것들을.

나에게, 여행을
© 박사 2012

초판인쇄 2012년 5월 2일
초판발행 2012년 5월 11일

지은이 박사
펴낸이 김정순
기획 변경혜
편집 변경혜 김수진
디자인 김수진 모희정
마케팅 김보미 임정진 전선경

펴낸곳 (주)북하우스 퍼블리셔스
출판등록 1997년 9월 23일 (제406-2003-055호)
주소 서울특별시 마포구 서교동 395-4 선진빌딩 6층
전자우편 editor@bookhouse.co.kr
홈페이지 www.bookhouse.co.kr
전화 02-3144-3123
팩스 02-3144-3121

ISBN 978-89-5605-591-6 03810

이 도서의 국립중앙도서관 출판시도서목록(CIP)은 e-CIP 홈페이지(http://www.nl.go.kr/ecip)에서
이용하실 수 있습니다. (CIP 제어번호 : CIP 2012001998)